想象另一种可能

理
想
国
imaginist

Dusk

# 暮色

[美]詹姆斯·索特 著
雷韵 译

海南出版社
·海口·

# 序言

文 / 菲利普·古雷维奇 [1]

年轻时他是个飞行员。他一直都想驾驶战斗机,然而有次训练时他撞到了一所房子,之后,他开了六年的运输机,才如愿成为战斗机飞行员。他驾驶的主要机型是 F-86。他曾说过,自己不是最好的飞行员,不是"王牌"[2],但也"有些戏份"。1945 年他二十岁,从西点军校毕业,加入了美国空军。这个年份可能会让你觉得他错过了战争,但总有别的战争,而他的那场在朝鲜。他执行了上百次战斗任务。那段经历可以在他的第一部长篇小说《猎手》(*The Hunters*)中读到:军营生活,等

---

[1] Philip Gourevitch(1961— ),美国作家、记者,《纽约客》杂志特约撰稿人,曾为《巴黎评论》编辑。
[2] ACE,王牌飞行员,又称击坠王牌,该称号最早出现在第一次世界大战,一般是指击落敌机达到五架以上的飞行员。

待战斗，起飞，在鸭绿江上方的天空搜寻苏联的米格战斗机，小规模冲突，对命中敌机的渴望，靠最后一滴燃油飞回基地——或者飞不回来。这本书于1957年出版，做了十二年飞行员之后，他从空军退役，成了一名作家。

这个飞行员的名字，也就是他的本名，叫作詹姆斯·霍洛维茨。而这个作家自称詹姆斯·索特。他很英俊，很有型。他住在欧洲。他的散文呈现出一种高度现代主义的精炼。他的语言既俭省又丰沛——留白使得原本强烈的情感变得愈加浓烈，肉体激情萦绕着一丝形而上的气息：凡是被他描述过的事物，都有更多被唤起。

从六十年代直到七十年代，他也写剧本。他为西德尼·吕美特[1]写了《疑妻记》[2]，看到自己笔下的角色化身

---

[1] Sidney Lumet（1924—2011），美国电影导演、编剧、制片人，代表作有《十二怒汉》《长夜漫漫路迢迢》《东方快车谋杀案》等，2005年获得第77届奥斯卡金像奖终身成就奖。
[2] *The Appointment*，该片获得第22届戛纳电影节金棕榈奖提名。

为奥玛·沙里夫[1]、阿努克·艾梅[2]和罗蒂·兰雅[3]。他为罗伯特·雷德福[4]写了《速降赛车手》(*Downhill Racer*)。后来又写了两个最终被拍成电影的剧本，还有十几部没有拍成的，那些未见天日的作品耗费的心力所造成的不可挽回的伤害，让他最终放弃了剧本写作。在这个时期，他还创作了他最具独创性、最为经久不衰的长篇小说《一场游戏一次消遣》(*A Sport and a Pastime*) 和《光年》(*Light Years*)，以及这部小说集《暮色》(*Dusk*) 中精湛的短篇。这些作品都有电影那种一闪而过的极度生动，那种氛围，跳剪般的敏捷，以及惊鸿一瞥的情感，使表面事物变得极为深邃。当然，为了实现这些效果，索特

---

[1] Omar Sharif（1932—2015），埃及男演员，曾主演《阿拉伯的劳伦斯》《日瓦戈医生》。
[2] Anouk Aimée（1932— ），法国女演员，出身演艺世家，活跃于法国和意大利影坛，为费里尼和雅克·德米等导演所青睐，2003 年获得柏林电影节终身成就奖。
[3] Lotte Lenya（1898—1981），生于奥匈帝国，后来移居美国，演员兼歌手，曾在 007 系列电影中饰演反派角色。
[4] Robert Redford（1936— ），美国导演、演员，主演影片包括《了不起的盖茨比》《走出非洲》《大河恋》等，获得第 53 届奥斯卡金像奖最佳导演奖、第 74 届奥斯卡金像奖终身成就奖。雷德福创办的圣丹斯电影节是全世界首屈一指的独立制片电影节。

所借助的工具并不比其他任何作家的更多——只是落到纸面的文字——于是,其他作家注意到了这一点,并想知道他是如何做到的。

那么,将索特称为"作家的作家",便意味着他仍在飞行,事实上,他将一直飞下去;也意味着他出色的驾驭文句的能力。在回忆录《燃烧的日子》(*Burning the Days*)中,他描写了飞行员生涯中的传奇历险和反复操练——从天而降到新的地方,每个地方都被不同的前景照亮:友爱(与男性为伍),诱惑(与女性为伴),豪饮,崭新的床铺,再一次飞向天空之前那些陌生的黎明。那种飞行和例行日程的生活中——飞行作为一种例行日程——有着令人狂喜的惆怅。告别了军队生活一成不变的约束和规制,他飞向了无边无际的领域。

索特说过,飞行生活的问题在于它完全是活在当下的,而他转向了写作,因为他想要从"日子的废墟"中制造出持续而永恒的东西。

"因为这一切都会消失,"1993 年接受《巴黎评论》杂志(索特最早的几个短篇就是在这里发表的)采访时,他对诗人爱德华·赫希(Edward Hirsch)说,"剩下的只有文章和诗歌,书籍,那些被写下的东西。人类发明了书籍,这很幸运。没有它,过去会完全消失,我们将一无所有,赤身裸体地活在人世上。"

读索特的作品会有种感觉:他总是在给自己的措辞施压,让它们以一种特别的精确再现他的观察与感知。在采访中他说,短篇小说必须扣人心弦,必须令人难忘,必须做到"以某种方式完整"。索特举了他的英雄伊萨克·巴别尔为例。他说:"他具有三个伟大的要素——风格、结构和确凿。"这也是索特作品的特质,尽管这些故事处理的都是内在的体验,尽管它们包含了虚构和幻想,但它们都汲取自生命之井的深处。

"有一种观点认为,一切都可以被凭空虚构出来,虚构出来的这些东西就是小说,而其他那些想必并非编造出来的作品,则被称为非小说。我认为这是一种武断的区分,"索特对爱德华·赫希说,"我们知道,大部分伟大的小说并非全然来自虚构,而是来自完善的知识和密切的观察。说它们是编造的,这种描述有失公允。我有时候说,我从不编造任何东西——显然,这并非事实。但我对那些声称一切都来自想象的作家一般不感兴趣。

我宁愿和一个给我讲他人生故事的人待在一个房间，那个故事可能有些夸张，甚至包含谎言，但说到底，我只想听到真正的故事，就是这样。"

对索特来说，真相可能存在于性爱的领域，或者与失意和死亡的严肃对抗中，也可能在幽默与活力中迸发出来。我第一次读到《暮色》中的故事是在二十年前，这本书出版后不久。我从未忘记《美国快车》一篇的开头，也总是忍不住笑出声来，他写道："弗兰克的父亲每周会去上（四季酒店）三四次，要么就去世纪俱乐部或者联合俱乐部，那里全是些比他还老的老男人。一半的会员都尿不出来，据他说，另一半一尿就停不下来。"

阅读索特最大的乐趣之一，就是他似乎允许自己做任何事。《在丹吉尔的海滩上》一篇中，他将大多数作家会用作介绍和说明的人物信息放在全篇的收尾——这种处理使得一个人物最平常的既定事实突然凝结为一种命运。再看看《电影》一篇，他在其中安排了一个次要角色，然后突然中断叙述，告诉我们她的家庭生活，她父母的婚姻，她哥哥初露端倪的精神失常——接着又同样迅速地回到故事的主线，几乎没有再提及她的家人。以这样的方式，索特不断刷新着短篇小说的形式。就连他笔下的人物自己都会吃惊的。

这部短篇集收录的大多是爱情故事，有不少也是落寞失意的故事，还有一些描述作家的生活。它们是在多年间陆续创作完成的，共同反映了索特在对人类的关怀、激情、声音和语言方面的广度。倒不必非要挑选出最喜欢的一篇，但我的确有一篇——初读《暮色》以及后来每次重读时（索特是那些让人不断重读并再次惊叹的大师之一），我都觉得似乎是它选择了我。这个故事就是《二十分钟》，因为它的严酷和迅疾，在每个瞬间令人身临其境，同时容纳了悬念、极度痛苦的挣扎，以及动人的柔情——也因为它不多不少，刚好写了在二十分钟里面发生的故事，几乎像是实时写就的，而那二十分钟呈现了一个人的一生。这种同时存在的浓缩与延展，在情感与技巧上都令人兴奋，显示了索特的智慧及其艺术造诣的高度。

"我相信，活着和死去都有一种恰当的方式。"索特在接受《巴黎评论》采访时说。

"你是说，我们每个人都能找到？"赫希问他。

"不,"索特说,"我不认为每个人都能创造出来,那就太混乱了。我指的是古典的,古代的,一种文化上的共识:存在着某些美德,这些美德永远不会褪色。"当然,他的角色和他们生活的世界时常是晦暗的。但他是个依然相信英雄主义的作家,他让人觉得,写作,当它做得好且真时,就是一种最恰当的活着与死去的方式。

# 目 录

1 在丹吉尔的海滩上
25 二十分钟
38 美国快车
75 异国海岸
105 电影
131 失落之子
149 阿尼罗
160 暮色
170 否定之路
188 歌德堂的毁灭
213 尘土

# 在丹吉尔的海滩上
AM STRANDE VON TANGER

黎明时分的巴塞罗那。酒店还都黑着。所有的大道都通往大海。

城里空空荡荡。妮科在睡觉,卷在凌乱的被单、自己的长发和枕头下面伸出的一只裸臂间。她一动不动地躺着,甚至没有在呼吸。

一方靛蓝深黑相间的绸布下面现出一只鸟笼的轮廓,里面住着她的鸟儿,卡利尔。笼子放在擦洗干净的空壁炉里。旁边摆着鲜花和一盆水果。卡利尔在睡觉,头埋在一侧柔软的翅膀下。

马尔科姆也在睡。他本不必戴的那副银边眼镜——镜片没有度数——张着镜脚搁在桌上。他仰卧着,鼻梁像船的龙骨般穿越着梦境。这个鼻子,他母亲的鼻子,或者至少是他母亲鼻子的复制品,就像一个舞台装置,一个粘在他脸上的奇怪饰品。这是他身上人们最先会注意到的一点,也是人们会喜欢的第一点。某种意义上,这个鼻子是对生命全情投入的标志。一个无法隐藏的大鼻子。此外,他的牙也不好。

在高迪未能完成的那四座石塔[1]的最顶端,黯淡得难以辨认的金色铭文在天光下初现。没有太阳。只有苍白的寂静。这是星期天的早上,西班牙的清晨。雾霭笼罩着城市周围的所有山丘。商铺都关着门。

妮科洗完澡来到露台上。她裹着浴巾,水在皮肤上闪着光。

"是个阴天,"她说,"不适合去海边。"

马尔科姆抬眼看了看。

"说不定会放晴。"他说。

---

[1] 指圣家族大教堂(Sagrada Família),巴塞罗那的地标建筑,由西班牙建筑师安东尼奥·高迪(1852—1926)设计,始建于1882年。根据设计,教堂有三座立面,分别对应诞生、受难和荣耀,每一面都有四座塔楼。历经一百多年的建造,面向南方的荣耀立面至今尚未完工。

早晨。留声机里放着维拉-罗伯斯[1]。鸟笼搁在门口的凳子上。马尔科姆靠在帆布躺椅上吃橙子。他爱这座城市。这种深厚的情结，部分基于保罗·莫朗[2]的一篇小说，但也与多年前发生在巴塞罗那的那场事故有关：那是个暮色昏沉的下午，安东尼奥·高迪，神秘、脆弱、几近圣徒的高迪，这个城市伟大的建筑师，在去教堂的路上被一辆电车撞倒了。他很老了，须发全白，穿着最朴素的衣服。没有人认出他来。他躺在街头，甚至没有一辆出租车送他去医院。最后他被带去了慈善病房。就在马尔科姆出生那天，他死了。

这所公寓位于米特尔将军大道，而她的"裁缝"——妮科这样称呼他——则在城市的另一端，高迪那座大教堂附近。那是个工薪阶层住宅区，空气中有股淡淡的垃圾味。工地四面都是围墙。人行道上刻着四叶草花纹。

---

[1] Heitor Villa-Lobos（1887—1959），巴西作曲家，二十世纪拉美最负盛名的古典乐作曲家，也是著名的指挥家和大提琴演奏家。
[2] Paul Morand（1888—1976），法国早期现代主义和意象派作家，活跃于二十世纪二三十年代，深受社会上层人士和艺术先锋的喜爱，并成为他们崇拜的对象。

高耸于一切之上的塔尖。圣哉，圣哉，[1]它们呼唤。它们里面是空的。大教堂从未完工，每座大门的内外两侧都通往开敞的空间。在巴塞罗那宁静的夜晚，马尔科姆曾绕着这座空荡荡的纪念堂走过很多次。他也曾把微不足道的几张比塞塔纸币塞进标有捐助教堂建设的投币口。然后侧耳细听，它们落入另一边，仿佛只是掉落在地，但也可能有个戴眼镜的神父把它们锁进了一口木箱。

马尔科姆认同马尔罗和马克斯·韦伯的观念：艺术是国家真正的历史。从他身上的细节可以发现，他正处在某个尚待完成的过程中。把人变成真正的工具。他正在为他希望自己有一天能成为的那位伟大艺术家的到来做准备，一位真正现代意义上的艺术家，也就是说，不曾完成天才的作品，却拥有天才的信念。一个不再为技艺所束缚的艺术家，一个概念艺术家，才华横溢，其作品就是创造出他自己这一传奇。哪怕只给他一个追随者，他也会对这一设计的神圣性深信不疑。

他在这里过得很快乐。他喜欢那些宽阔凉爽的林荫

---

[1]《圣哉经》，又称《圣三颂》，是基督教会弥撒仪式中常用的声乐套曲之一，开篇即为"圣哉，圣哉，圣哉"。

道、城里的餐馆和漫长的夜晚。他正处在婚姻生活缓慢的水流深处。

妮科来到露台上,穿着一件小麦色的套头毛衫。

"想喝杯咖啡吗?"她说,"要我下去买吗?"

他想了想。

"好的。"他说。

"要哪种?"

"纯的[1]。"他说。

"黑咖啡。"

她喜欢这样的差事。这栋楼的小电梯升得很慢。等到以后,她走进去,小心合上身后的门。然后,以同样缓慢的速度,她一层接一层地下降,仿佛穿过了一个又一个十年。她想着马尔科姆。想着她父亲和他第二任妻子。也许她比马尔科姆更聪明,她想。当然,她的意志力也更强。但他要更好看些,虽然不是常规意义上的那种好看。而她有一张傻乎乎的大嘴。他性情爽朗。她知道自己是有点乏味的。路过二层时,她在镜子里端详自

---

[1] 原文为西班牙语。

己。当然,人并不是马上就能意识到这些事情。它是像一出戏那样慢慢展开的,一幕接着一幕,对那个人的认知就发生了改变。不管怎样,纯粹的聪明并不是那么要紧。那是抽象的特质。它并不包含那种残酷的直觉,关于人们应当如何去过一种全新的生活,一种她父亲永远都不会理解的生活。而马尔科姆懂得这些。

十点半,电话铃响了。她躺在沙发上接起来,开始用德语交谈。结束之后马尔科姆扬声问道:"谁打来的?"

"你想去海边吗?"

"好啊。"

"英格一个来小时就到。"妮科说。

他听说过她,也颇为好奇。而且她有一辆车。如他所愿,上午的天气开始好转。楼下的大街上出现了最早的一波车流。太阳穿透了云层,一会儿又消失了,接着又破云而出。远远的,在他的思绪之外,四座塔尖正在阴影和光芒间穿行。在有阳光的间隙,高处的字母显现出来:Hosanna[1]。

---

[1] 和撒那,赞美上帝之语。

中午，英格满面含笑地来了。她穿着一条驼色的裙子，短衫最上面的扣子没有系。那条裙子很短，显得她的身材略微笨重。妮科介绍他们认识。

"你昨晚怎么没打电话来？"英格问道。

"本来要打的，但后来太晚了。我们十一点才吃晚饭，"妮科解释道，"我还以为你肯定出门了。"

没有。她整晚都在家里等男朋友的电话，英格说。她正在用一张从马德里寄来的明信片给自己扇风。妮科进了卧室。

"他们就是这么混蛋。"英格说。她提高嗓门，好让里屋也能听见。"说好八点来电话的。但他十点才打给我。说他没时间多聊，过一会儿再打来。唉，他没再打来。等着等着我就睡着了。"

妮科穿上一条有许多小褶的浅灰色裙子，一件柠檬色的套头衫。她在镜子里打量自己的后背。她的手臂光着。前厅里英格还在说着。

"他们不知道该怎么做事才是对的，这就是问题所在。他们完全没概念。除了去马球俱乐部什么都不知道。"

她开始和马尔科姆聊天。

"如果你跟人家上了床,那就该好好相处,应该善待对方。但这里的人不是这样,他们一点也不尊重女人。"

她有一双绿眼睛,一口洁白整齐的牙齿。他在想拥有这样一张嘴会是什么感觉。据说她父亲是个外科医生,在汉堡。但妮科说不是这么回事。

"这里的男人就是些小孩。"英格说,"在德国,唉,至少你会得到一点尊重。男人不会那样对你,他们知道该怎么做。"

"妮科。"他喊道。

她梳着头发走进来。

"我把他吓坏了,"英格解释道,"你知道我后来干了什么吗?早上五点钟我给他打了个电话。我说,你为什么没打给我?我不知道,他说——我听得出来他还在睡——现在几点了?我说,五点,你生我的气吗?他说,有一点。很好,因为我也在生你的气。然后我砰的一声就挂断了。"

妮科正在关露台门,把鸟笼拿进来。

"现在很暖和,"马尔科姆说,"就留在那儿吧。他需要晒晒太阳。"

她打量着笼子里那只鸟。

"我觉得他不太好。"她说。

"他挺好的。"

"另一只上周死了,"她向英格解释,"很突然,都没生病。"

她关上一扇门,留了另一扇没关。鸟儿栖息在灿烂的阳光下,羽毛轻软,神态安详。

"我觉得他自己一个活不下去。"她说。

"他很好,"马尔科姆让她放心,"你看。"

阳光下他的颜色格外鲜艳。他蹲在最高的那根栖木上。眼睑是完美的圆形。他眨了眨眼。

电梯还停在他们这层。英格先走进去。马尔科姆拉上狭窄的电梯门。像是关闭一个小柜子。他们脸挨着脸一起下降。马尔科姆看着英格。她自顾自地想着心事。

他们在楼下的小酒吧停下来喝杯咖啡。他扶着门让她俩先进去。这里没什么人——只有一个男人在看报纸。

"我觉得我还得给他打个电话。"英格说。

"问问他,为什么要在早上五点把你闹醒。"马尔科姆说。

她笑了。

"是的，"她说，"棒极了。就这么办。"

电话在大理石吧台的另一头，但他听不清楚，妮科正在跟他说话。

"你就不感兴趣吗？"他问道。

"不。"她说。

英格的车是辆蓝色大众，航空信封的那种蓝色。一块挡泥板上有凹痕。

"你还没见过我的车吧，"她说，"觉得怎么样？我买得划算吗？我完全不懂车。这是第一辆。从我认识的一个画家那儿买的。但它当时出了事故，发动机烧坏了。"

"我会开车，"她说，"不过要是有人坐在旁边更好。你会开吗？"

"当然。"他说。

他坐到方向盘后面，发动了引擎。妮科坐在后排。

"你觉得怎么样？"英格说。

"待会儿告诉你。"

虽然出厂才一年，但这辆车已经相当破旧了。顶篷褪色了，方向盘似乎也遭受过虐待。开过几个街区之后，马尔科姆说："感觉还不错。"

"真的吗？"

"刹车不太灵。"

"是吗？"

"我觉得刹车片该换了。"

"可我才给它们上过油。"她说。

马尔科姆看了看她。她不是在开玩笑。

"在这儿左转。"她说。

她指引着他穿过这座城市。车开始多起来，但他很少停下。巴塞罗那很多道路交叉口都被拓宽成了八角形。红灯很少。他们驱车驶过大片大片的老旧公寓街区，经过工厂，城市边缘开始出现空地。英格在座位上扭过身来跟妮科说话。

"我受够这个地方了，"她说，"我想去罗马。"

他们正驶过机场。去海边的路很拥挤。这座城市每一道微小的车流都汇集到这里，公交车、卡车、无数的小汽车。

"他们根本就不知道该怎么开车，"英格说，"他们在干什么?你不能超过去吗?

"倒是走啊。"她说着,伸手去按喇叭。

"没用的。"马尔科姆说。

英格又按了一下。

"他们走不了。"

"哦,真叫人火大。"她嚷道。

前面那辆车里有两个孩子转过身来。小小的后窗里,他们脸色苍白,心事重重。

"你去过锡切斯[1]吗?"英格说。

"卡达克斯[2]。"

"啊,"她说,"对。很美。在那边你得认识几个住别墅的朋友才行。"

太阳是白色的。下方铺展开来的土地是麦秆的颜色。这条公路依海岸线而建,沿途是廉价的海滨浴场、露营地、房屋和旅店。公路和大海之间有条铁路,下面建了一些小隧道,好让游泳的人直接穿到海边。不久,景物

---

[1] Sitges,该地每年二月到三月的狂欢节是西班牙最盛大的节日之一。
[2] Cadaqués,加泰罗尼亚赫罗纳省的滨海小镇,位于克留角半岛中部的一个海湾,距离巴塞罗那约两小时车程。

开始消失。他们沿着几近荒凉的路段前行。

"在锡切斯，"英格说，"到处都是金发的欧洲女孩，瑞典、德国、荷兰的。到了你就知道了。"

马尔科姆看着前面的路。

"她们对西班牙人的棕眼睛毫无招架之力。"她说。

她伸手越过他去按喇叭。

"看看他们！简直是在爬！"

"她们满怀期望来到这儿，"英格说，"攒钱，买小得恨不得能放进勺子的泳衣，然后呢？也许能被人爱上一个晚上吧。然后就没有然后了。西班牙人根本不知道该怎么对待女人。"

妮科在后面没说话，脸上是她无聊时会有的那种平静表情。

"他们什么都不懂。"英格说。

锡切斯是个小镇，有着潮湿的旅馆、绿色的百叶窗，以及海滨度假地随处可见的枯草。车停得到处都是，街道两旁都停满了。最后他们在离海两个街区的地方找到了一个车位。

"把车锁好。"英格说。

"没人会偷的。"马尔科姆告诉她。

"看来这会儿你不觉得它不错了。"她说。

他们沿人行道走着,路面似乎因高温而变形拱起。房屋建得很挤,到处都是平整的、没有装饰的外立面。尽管随处可见汽车,小镇还是出奇地空旷。现在是两点钟。所有人都在吃午饭。

马尔科姆带了条粗棉布短裤,图阿雷格人穿的那种蓝色上光棉布。短裤有根手指细的小腰带,只环腰一半。穿上它时,他觉得自己充满力量。他有一具健跑者的身体,毫无瑕疵的身体,佛兰芒绘画中殉道者的身体。四肢的皮肤下面能看到绳索般的血管。隔间后面有堵水泥墙,地上生着火麻。他的衣服搭在一枚挂钩上,松松垮垮地垂着。他走进过道。女人们还在换衣服,他不知道她们都在哪扇门后。钉子上挂着一面小镜子。他捋了捋头发,等在那里。外面便是烈日。

这片海始于一段倾斜的砾石滩,砾石像钉子一样锋利。马尔科姆第一个下去。妮科一言不发地跟着去了。水很凉。他感觉它爬上他的腿,触碰泳裤的边缘,然后一个涌浪——他试图跃得够高——围拢过来。他潜入水下,再冒出来时脸上带着微笑,唇上黏着盐的味道。妮科也潜了下去。她在他近旁轻柔地浮出水面,单手把湿漉漉的头发捋向脑后。她半闭着眼站在原地,不确定自己究竟在哪里。他伸出一只胳膊搂住她的腰。她微笑起来。她有一种准确可靠的本能,知道自己什么时候最好看。有那么一会儿,他们就这样静静地互相倚靠。他抱起她,在海水的帮助下带着她游向深处。她的头靠在他肩上。英格穿着比基尼,躺在沙滩上读《斯特恩》[1]。

"英格有哪里不对劲吗?"他说。

"哪儿都不对劲。"

"不是,我是说她不想下海吗?"

"她来月经了。"妮科说。

他们躺在她旁边另一条浴巾上。马尔科姆注意到,她的皮肤是古铜色的。妮科无论在外面待多久都没法晒成这样。几乎是一种固执,仿佛他,他本人,向她献上太阳,而她却不肯接受。

她只用了一天就晒黑了,英格告诉他们。只用了一

---

[1] *Stern*,美国作家布鲁斯·杰伊·弗里德曼(Bruce Jay Friedman)1962年出版的讽刺小说。

天！简直难以置信。她看了看自己的胳膊和腿，好像在确认这个事实。是的，这是真的。卡达克斯岩石上的裸体日光浴。她低头看了看自己的肚子，这个动作让它现出几道少女般鼓鼓的肉褶。

"你胖了。"妮科说。

英格笑起来。"这可都是我的积蓄。"她说。

看起来的确很像，就像腰带，像她身上穿的什么戏服的一部分。仰面躺下时，它们就消失了。她的四肢苗条匀称。和身上其他部位一样，她的肚子覆着浅浅一层金黄色绒毛。两个西班牙青年正沿着海边散步。

她仰面朝天，自顾自说着。如果她要去美国，她絮絮地说，带上她的车值当吗？毕竟，她买得很便宜，如果将来不想要了，还可以卖点钱。

"美国到处都是大众车。"马尔科姆说。

"是吗？"

"到处是德国车，人手一辆。"

"他们肯定喜欢，"她断定，"奔驰是很好的车。"

"备受青睐。"马尔科姆说。

"那也是我想要的车。想要好几辆。等我有钱了，就把它变成我的爱好,"她说,"我想住在丹吉尔[1]。"

"那儿的海滩很不错。"

"是吗?我会黑得像个阿拉伯人。"

"最好还是穿上泳衣。"马尔科姆说。

英格笑了。

妮科睡着了似的。他们静静躺着,双脚指向太阳。它的威力已经消退。风一路止歇下来;日光覆在他们身上,淡薄而又泛滥:温暖的片刻行将消逝。忧郁的时辰即将来临,一切都结束的时辰。

六点钟,妮科坐起身来。她觉得冷了。

"来,"英格说,"我们去海滩走走。"

她坚持要去。太阳还没落下去。她很想玩闹一番。

"来吧,"她说,"那边是好地方,所有大别墅都在那儿。我们过去让老男人们高兴高兴。"

"我不想让任何人高兴。"妮科抱着胳膊说。

"那也没你想的那么容易。"英格向她保证。

---

[1] Tangier,摩洛哥北部历史名城、海港,位于直布罗陀海峡的丹吉尔湾,为欧亚非几大洲交通的十字路口。丹吉尔终年气候宜人,为著名的海滨度假胜地,有"夏都"之称。

妮科一脸阴沉地跟着去了。她环抱着自己的手臂。风从海岸边吹来。现在起了小小的海浪,浪花在沉默中碎裂。它们发出的声音很轻柔,就像被遗忘了。妮科穿着一件露背的灰色连体泳衣,英格在富人们的房子前玩耍,而她只是望着沙滩。

英格走进海里。来呀,她说,水很暖和。她笑着,很快活,她的欢乐比这个时辰更强烈,比寒冷更强烈。马尔科姆在她身后慢慢走进水里。海水确实很暖和。似乎也更纯净。而且空无一人,目光所及的每个方向都没有。海里只有他们在泅泳。波浪涌起,轻轻托起他们。水从他们身上流过,洗刷着他们的灵魂。

几个年轻的西班牙男孩围在公共浴室的入口,期待淋浴房的门开得够早,好让他们往里瞥上一两眼。他们穿着蓝色的粗纺布泳裤。也有黑色的。他们的脚上都有很长的脚趾。这里只有一间淋浴房,里面有个发白的水龙头。水很冷。英格先进去。她的泳衣出现了,一小件,又一小件,搭在门上边。马尔科姆在外面等着。他能听到她的手轻柔拍打和擦拭的声音,还有她移到一边时水直接打在混凝土上突然的哗啦声。站在门口的男孩让他自得起来。他朝外看了一眼。他们在低声交谈。他们伸着手互相戏弄,假装是在玩耍。

锡切斯的街道变了个模样。新的钟点敲响了,宣告夜晚来临,到处都是闲逛的人群。他们很难不被冲散。马尔科姆一边一个地搂着她们。她们像马一样挨挨蹭蹭地跟随他游荡。英格笑了。别人会以为他们干那种事时是三个一起的,她说。

他们在一家咖啡馆门口停下来。"这地方不怎么样。"英格抱怨道。

"这里是最好的。"妮科简单答道。这是她的诸多本领之一,无论走到哪儿,她都能一眼看出哪里是合适的地方,合适的餐厅、酒店。

"才不是。"英格坚持。

妮科看上去并不介意。他们继续闲逛,但已经不再揽在一起了,马尔科姆低声问道:"她想要什么样的?"

"你不知道吗?"妮科说。

"看见这些男孩了吗?"英格说。他们在另一个地方坐下了,一个酒吧。周围都是四肢黝黑,头发在午后阳光的漫长炙烤中褪了色的年轻男人,眼神慵懒而又多情。

"他们没有钱，"她说，"谁也不会请你吃饭。一个都不会。他们一无所有。这就是西班牙。"

吃晚餐的地方是妮科选的。在这一天里，她变得不那么体面了。这位朋友的存在，这个偶然和她搭伴生活过一段时间的女孩，那时候她们都还没在这座城市站稳脚跟，她不认识任何人，甚至不认识任何街道的名字，她病得厉害时，她们还一起给她父亲发了封电报——她们没有电话机——英格突然展露出的一切，让那段过往显得不堪。突然之间，像被刺穿一般，她洞悉了一个确凿的事实：马尔科姆看不起她。她的信心离她而去，而没有了信心她什么都不是。桌布白得晃眼。似乎在用冷酷的光照亮他们三个。刀叉摆放得像要用来做手术。餐盘冰凉。她不饿，但又不敢拒绝吃东西。英格正在谈她的男朋友。

"他很差劲，"她说，"没心没肺。但我理解他。我知道他想要什么。无论如何，女人不能指望成为男人的一切。这违反人性。一个男人需要很多女人。"

"你疯了。"妮科平淡地说。

"这是真的。"

要让她意志消沉,只需这句话就足够了。马尔科姆正在查看他的表带。在妮科看来,这一切都是他默许的。他真蠢,她想。这个女孩出身贫贱,而他觉得那很有趣。她以为男人和她上了床,就会和她结婚。当然不是这样。从来就不是。没有什么比这个更远离真相,妮科想,尽管这样想的时候,她也知道自己有可能是错的。

他们去斯万家酒店喝咖啡。妮科自己坐在一边。她累了,她说。她蜷缩在其中一个沙发上睡着了。她累坏了。夜间变得很凉爽。

一个声音唤醒了她,音乐,美妙的人声夹杂在断断续续的吉他乐句之间。妮科在睡梦中听到了,坐起身来。马尔科姆和英格在聊天。这首歌像是某种她期待已久的东西,她一直在寻找的东西。她伸出手碰了碰他的手臂。

"听。"她说。

"什么?"

"听,"她说,"玛丽亚·普拉德拉[1]。"

---

[1] María Pradera(1924—2018),西班牙歌手和演员,是西班牙和拉丁美洲地区最有声望的歌唱家之一。

"玛丽亚·普拉德拉?"

"歌词很美。"妮科说。

简单的乐句。她重复着它们,仿佛它们是主祷文。神秘的重复:黑发母亲……黑发孩子。这是穷人的语言,打磨得光滑、纯粹,像一块石头。

马尔科姆耐心听着,但又什么都没听到。她看得出来:他不一样了,就在她睡着那会儿,他中了那些西班牙故事的毒,点滴渗入的毒素正沿着他的静脉流遍全身,那个令人痛苦的西班牙完全是由一个女人悬想出来的,她知道自己永远都只是一个男人所有需求中的一部分。英格很平静。她相信自己。她相信自己握有生存和号令的权利。

路很黑。他们打开车顶篷敞向夜空,繁星稠密得简直要涌进车里。后座的妮科感到害怕。英格在说话。她伸手朝那些开得太慢的汽车按喇叭。马尔科姆见了大笑。她谈到在巴塞罗那的包间,和她的情人在噼啪作响的温暖炉火前共度冬日的下午。谈到那些宅子,在毛皮毯子上做爱。当然,他那时表现得还不错。她憧憬着马球俱乐部,以及最好的房子里的晚宴。

城里的街道几乎空无一人。将近午夜，星期天的午夜。太阳底下度过的一天使他们疲累，大海耗尽了他们的力气。他们开车到米特尔将军大道，隔着车窗互道晚安。电梯上升得很慢。静默悬挂在他们四周。他们看着地板，像输了钱的赌徒。

公寓里一片漆黑。妮科打开一盏灯，然后就不见了。马尔科姆洗了洗手。然后擦干。房间里都没有任何响动。他一间间地慢慢走过，发现她跪在通往露台的门口，好像摔倒了。

马尔科姆看向鸟笼。卡利尔躺在笼底。

"用手帕的角蘸点白兰地给他。"他说。

她打开鸟笼的门。

"他死了。"她说。

"让我看看。"

他已经僵硬了。小脚像嫩枝一样蜷曲、干燥。不知怎的他显得轻了。呼吸离开了他的羽毛。一颗不过橙子籽大的心脏停止了跳动。笼子空空的放在寒冷的门口。似乎没什么可说的。马尔科姆关上了门。

后来在床上，他听见她在啜泣。他试图安慰她，但做不到。她背对着他。不肯回应。

她的乳房小小的,乳头很大。而且,就像她自己说的,屁股有点大。她父亲有三个秘书。汉堡离海很近。

# 二十分钟
TWENTY MINUTES

    这件事发生在卡本代尔[1]附近一个名叫简·瓦雷的女人身上。我在一次聚会上见过她。当时她坐在沙发上,双臂朝两边摊开,一只手拿着酒。我们聊了会儿狗。

    她有条老灰狗。她说当初买他是为了救他一命。在赛狗场,无法再赢得比赛的狗不会被继续喂养,它们会被杀掉,有时是三四条一起,扔进卡车后面送去垃圾场。那条狗名叫菲尔。他身体不大灵便,几乎瞎了,但她欣赏他威严的气度。他有时会把腿跷到墙上,几乎跟门把手一样高,但他有张漂亮的脸。

---

[1] Carbondale,美国伊利诺伊州城市。

厨房餐台上搁着马具,宽条木地板上有泥巴。她大步走进来,像个穿着破夹克和旧靴子的年轻马夫。她有着所谓的优美骑姿,墙上的奖章绶带层层叠叠犹如羽毛。她父亲过去住在爱尔兰,那里的人们会在周日早晨骑着马进餐厅,主人身着全套骑马装倒在床上死去。她自己的生活也变成了那样。她有点钱,几乎全新的瑞典汽车侧面有些凹痕。她丈夫离开已经一年了。

在卡本代尔四周,河水漫流,变得开阔。有一座蛛网状的栈桥,重新粉刷过很多次,这里的人过去一直开采煤矿。

下午晚些时候,一阵急雨刚刚过去。光线是怪异的银色。从雨中冒出来的车辆开着前灯和雨刷器。停在路肩上的黄色筑路机显得异常鲜亮。

正是下班时间,浇灌大地的雨水在高空中闪着光,山色开始变暗,草地犹如水泽。

她独自骑着马沿山脊向上走。这匹马名叫阜姆,高大,健壮,但不太聪明。他什么都听不见,走路有时还会磕绊。他们一直走到水库,然后折返,朝太阳正在下沉的西边走。他很能跑，这匹马。蹄子重重击打着路面。她的衬衫后襟被风吹得鼓胀起来，马鞍吱吱作响，他粗大的脖颈汗涔涔的，颜色发暗。他们沿着沟渠奔向一道栅栏门——他们总是从那儿跃过去。

在最后一刻，有什么事发生了。就那么一瞬间。可能是腿别到了腿，或者踩到了坑，总之他突然停步了。她从他头顶上飞了出去，好像慢动作似的，他也跟着飞了过来。他倒仰着——她躺在那儿看着他朝她飘过来。他落在了她张开的膝盖上。

就像被车撞了一样。她在惊愕之中，但感觉似乎并未受伤。有一瞬间，她想象自己或许能站起来，掸掉身上的土。

马已经站了起来。他的腿很脏，背上有污泥。在寂静中，她能听到马辔头的叮当声，甚至还有沟渠里的水流。在她周围是连绵的草地和静默。她胃里一阵恶心。那里全都摔烂了——她知道，尽管什么都感觉不到。她知道她还有点时间。二十分钟，人们总这么说。

马用力拉扯着土里的几根草。她用手肘撑起身来，立即感到头晕目眩。"该死的！"她叫道。她几乎大喊起来。"笨蛋！回家！"有人可能会发现马鞍空着。她闭上眼睛，试图思考。不知怎的她无法相信——眼前这一切不是真的。

他们来告诉她普里怀特受了伤的那个早上，就是这样。工头在草场上等着。"她的腿断了。"他说。

"怎么回事？"

他不清楚。"看着像是被踢了。"他猜测。

那匹马躺在一棵树底下。她跪下来抚摸它木板似的鼻子。那双大眼睛似乎正望着别的地方。兽医应该正从凯瑟琳商店开车过来，车后拖着一缕烟尘，但事实上他过了很久才到。他把车停在稍远的地方，一路走了过来。然后他说了她知道他会说的话，他们只得杀掉她。

她躺在那儿想着。白昼已经结束。远处一些房子里灯光亮起来。六点钟的新闻开始了。往下面远远地可以看到皮诺尼斯[1]的干草场，离她更近的地方，大约一百码，停着一辆卡车。那是一个想在那儿盖房子的人的。车下面挡了木块，不能开。一英里左右的范围内还有别

---

[1] Piñones，西班牙语，意为"松仁"。

的房子。在山脊的另一侧,树林中若隐若现的金属屋顶是沃恩老头的房子,他一度拥有这一片所有土地,现在几乎走不动路了。再往西那座漂亮的褐色泥砖房是比尔·米勒格盖的,他后来不知是破产还是怎么了。他有出色的品位。房子里有西南地区特有的去皮原木天花板和纳瓦霍地毯,每个房间都装了壁炉。有色玻璃窗的视野开阔,可以远眺群山。懂得建造那样一座房子的人懂得所有的事。

她为他办了那次著名的晚宴,难忘的一夜。乌云整日从索普里斯山顶吹下来,然后下起了雪。他们在炉火前交谈。壁炉架上塞满了红酒瓶,客人们都衣着光鲜。屋外大雪纷纷扬扬。她穿着丝绸长裤,头发披散着。酒尽人散,她和他一起站在厨房门口。她身上暖暖的,有点醉意,他呢?

他注视着她放在他上衣翻领边缘的手指。她的心跳得厉害。"你不会让我一个人过夜吧?"她问道。

他有一头金色的头发,小巧的耳朵紧贴着头。"哦……"他开口了。

"怎么?"

"你不知道吗？我是另一种。"

哪一种，她坚持问。太浪费了。道路几乎无法通行，房屋在雪中消失。她开始恳求——她忍不住——然后生气了。丝绸长裤，家具，她讨厌这一切。

早上他的车还在外面。她发现他在厨房做早餐。他在沙发上睡了一夜，用手指梳理略长的头发。他脸颊上有一抹金色的胡楂儿。"亲爱的，睡得好吗？"他问道。

有时候情况正好相反——在萨拉托加的酒吧，理想人选是那个做销售赚了大钱的高个子英国人。她就住在那里吗？他问道。靠近看时，他的眼睛是湿润的，一口纯正的英式口音，"能在这儿见到你这样的人，真是太棒了。"他说。

她还没有决定留下还是离开，她和他喝了一杯。他抽了根烟。

"你没听说过这东西会怎么你吗？"她说。

"没，它们怎么了？"

"它们会让你[1]得癌症。"

---

[1] 此处原文为 thee，中古英语第二人称单数"你"（thou）的宾格。

"你?"

"贵格派教徒都这么说。"

"你真的是贵格教徒?"

"哦,很久以前了。"

他抓住她的手肘。"你知道我想干什么?我想干你。"他说。

她弯起胳膊,挣开他的手。

"我认真的,"他说,"今晚。"

"改天吧。"她告诉他。

"我没有'改天'了。我老婆明天就来了,我只有今晚。"

"那太糟了。我有每个晚上。"

她没有忘记他,虽然她忘了他的名字。他的衬衫有雅致的蓝色条纹。"哦,该死的。"她突然喊道。是那匹马。他没有走。就在栅栏那边。她开始唤他:"嘿,好孩子。来这里。"她恳求道。他不肯动。

她不知道该怎么办。五分钟过去了,或许更长。哦,上帝,她说,哦,我主啊,哦,上帝我们的天父。她能看见从公路延伸上来的长长一段路,没有铺的路面很暗。

也许有人会沿着那条路走上来,不会转弯。这条灾难之路。那天她和丈夫一起开车经过。有件事他一直想告诉她,亨利说,头朝后扭成一个古怪的角度。他在调整他的状态,他说。她的心猛地一跳。他要和玛拉分手。

一阵沉默。

终于她说:"和谁?"

他意识到自己说错话了。"那个在……建筑师事务所的女孩。她是绘图员。"

"你说分手,是什么意思?"她艰难地说出口。她看着他,就像看一个逃犯。

"你知道这事儿,对吧?你肯定知道。总之现在一切都结束了。我一直想告诉你的。想把这些事儿了结了。"

"停车,"她说,"别说了,在这儿停车。"

他开车跟在她旁边,想要跟她解释,但她正在捡她能找到的最大的石块,把它们扔向汽车。然后她摇摇晃晃地穿过田野,腿被鼠尾草丛划伤了。

午夜过后,听到他开车回来,她从床上跳起来朝窗外喊:"别过来,别!快滚!"

"我一直想不通为什么没人告诉我,"她常说,"他们本该是我的朋友。"

有的人失败了,有的人离了婚,有的在拖车里被枪杀,比如道格·波提斯,做采矿生意的,跟一个警察的妻子有一腿。有的,比如她丈夫,搬到了圣巴巴拉,成了晚宴上那种会被临时请来补缺的男人。

天色越来越黑了。帮帮我,来人呐,帮帮我,她不停地重复。会有人来的,一定会有。她尽量让自己别害怕。她想到了她的父亲,他总能用一句话道破人生:"他们把你打趴下,你爬起来。就是这样。"他只承认一种美德。他会听到这里发生了什么事,说她只是躺在那儿等死。她得想办法回家,哪怕只走上一小段路,哪怕只有几码远。

她用手掌撑着用力往前拖拽着身躯,一边唤着她的马。如果他过来了,或许她可以抓住一只马镫。她试着找到他的位置。在最后一道暮色中,她看到枝叶凋零的杨树,其余都已消失不见。栅栏两边的柱子不见了。草地已经消散。

她想玩个游戏,想象自己不是躺在沟里而是在另一个地方,所有其他的地方,十一街的第一间公寓,在那个餐厅大大的天窗上面,索萨利托[1]的早晨,女服务员来敲门,亨利试着用西班牙语喊,现在别进来,现在别!梳妆台的大理石台面上摆着明信片,还有他们买的东西。在海地的酒店外面,出租车司机倚靠在车上用柔和的声音喊:嘿,白人朋友[2],想去漂亮的海滩吗?伊博海滩?[3]他们开价一天三十美元,这意味着其实大概只需要五美元。好吧,给他钱,她说。她可以轻而易举就去那些地方,或者去往一个暴雨天,躺在自己的床上看书,狂风裹挟雨水拍打着窗户,狗就伏在她脚边。书桌上摆放着照片:马;她跃马的瞬间;还有一张是她父亲三十岁时在外面吃午餐时拍的,火树餐厅。有一天她给他打了电话——她要结婚了,她说。结婚了,他说,跟谁?他叫亨利·瓦雷,她说。她想补充说,他穿着漂亮的西装,有一双美妙的大手。但她只说,明天。

"明天?"他的声音听上去愈发遥远。"你确定这事

---

[1] Sausalito,旧金山湾区小镇,著名的旅游景区,有天然美景、历史遗迹和六十年代以来发展的艺术社区。
[2] 原文为法语。
[3] Ibo Beach,位于海地首都太子港的卡西克岛。

儿办对了吗？"

"绝对。"

"上帝保佑你。"他说。

他们就是那年夏天搬来这里的——这是亨利一直生活的地方——买下了麦克雷家那边的一块地。整整一年他们都在修缮房屋，亨利开始做他的景观美化生意。他们有了自己的世界。漫步穿过原野，除了短裤什么都不穿，脚下是温热的土地，在冰冷的深渠里游泳之后皮肤上污泥斑驳，像两个被太阳曝晒到褪色的孩子，但比那好得多，纱门砰地关上，厨房餐桌上散放着各种物件，商品目录，刀子，每样都是新的。秋天的天空是明亮的蔚蓝色，最早的几场风暴正从西边赶来。

现在天已经全黑了，除了山脊的边缘。她还有很多事情打算去做，再去东边看看，拜访某些朋友，去海边住上一年。她不敢相信一切已经结束，她终将被留在这里，躺在这块地上。

突然她开始呼救，疯狂地，脖子上青筋凸起。马在黑暗中抬起头来。她继续喊着。她知道会为此付出代价，她在释放恶魔。最后她停了下来。她能听到沉重的心跳，还有别的声音。哦，天呐，她开始乞求。她躺在那里，听到了第一阵庄严的鼓声，可怕而缓慢。

不管是什么，不管有多糟，我会像父亲那样做，她想。她急忙想象他的样子，当她这样做的时候，有一段长长的东西穿过她的身体，那是铁做的。在那难以置信的一瞬间，她意识到了它的力量，意识到它将带她去哪里，意味着什么。

她的脸湿漉漉的，浑身颤抖。现在时候到了。现在你必须做到，她意识到。她知道有上帝，她希望有。她闭上了眼睛。当她再次睁开眼，已经开始了，完全出乎意料，而且速度如此之快。她看见有个黑黑的东西沿着栅栏移动。那是她的小马，她父亲很久以前给她的那匹，她的小黑马穿过无边的田野，穿过萋萋的草场，回家了。等等，等等我！

她开始尖叫。

灯光沿着沟渠上下晃动。一辆皮卡车沿着高低不平的路面驶来，车上那个男人有时会来这边整修那栋孤零零的房子，还有一个叫弗恩的高中女生，她在高尔夫球场打工。他们关着车窗，转弯过来，前灯从马的近旁扫过,但没看见他。后来,他又在一片静默中折返回来,这次他们看见了,黑暗中那张大而英俊的脸呆呆地注视着他们。

"他装着马鞍呢。"弗恩惊讶地说。

他冷静地站着。他们就是这样找到她的。他们把她放在后座——她浑身松沓,耳朵里有尘土——以八十英里的时速驶入格伦伍德,甚至没有停下来提前打个电话。

正如后来有人说的那样,这不是正确的做法。如果他们走另一条路,沿着那条路往前走大约三英里到鲍勃·兰姆家,情况也许会好些。他是这一带的兽医,但他也许能做点什么。不管怎么说,他是附近最好的医生。

他们会停在路边,车灯大亮,照在白色的农舍上,就像许多个夜晚发生的那样。所有人都认识鲍勃·兰姆。有一百条狗,他自己的也在其中,埋在谷仓后面。

# 美国快车
## AMERICAN EXPRESS

如今已经很难再想起所有那些场所和夜晚。尼古拉俱乐部[1]，如同一节火车车厢，狭长幽深，微光闪烁。伴着《一二三》[2]旋律起舞的人群，比利酒吧[3]。不知名的明丽面孔，挤满整个酒吧。令人难以忘怀的黑眼睛，一时间灼灼生辉，旋即消失不见。

那些日子里，他们住在摆放着古怪家具的公寓，星期天会睡到中午。他们正处在法律行业大军的最底层。上面有精明的初级合伙人，还有律所合伙人、律师，穿

---

[1] 即尼古拉绅士俱乐部（Nicolas Gentlemen's Club），著名的成人俱乐部。
[2] "Un, Deux, Trois"，法语歌名。
[3] 即比利无上装酒吧（Billy's Topless），位于纽约市切尔西区，从1970年至2001年营业，曾被认为是纽约非正式的城市地标之一。

着考究的西装在四季酒店吃午餐的男人们。弗兰克的父亲每周会去上三四次，要么就去世纪俱乐部或者联合俱乐部[1]，那里全是些比他还老的男人。一半的会员都尿不出来，据他说，另一半一尿就停不下来。

而艾伦来自克利夫兰，他父亲在当地人人皆知，如果不是人人痛恨的话。没有哪个被告会太有罪，没有哪个案件会太明确。有一次他在本州另一个地方为某个杀人犯辩护，一个黑人。他知道陪审团在想什么，也知道自己在他们眼里是什么样子。他慢慢站起身。可能他们已经听说了这些事情，他开始说。他们可能已经听说了，比如，他是城里来的大牌律师。他们可能听说他穿三百美元一套的西装，开凯迪拉克，抽昂贵的雪茄。他边说边向前走，好像在地板上找什么东西。他们可能已经听说了，他是犹太人。

他停下脚步，抬起头。不错，他的确是城里来的，他说。他穿三百美元的西装，开凯迪拉克，抽大雪茄，他是犹太人。"既然已经解决了上述问题，那就让我们来

---

[1] 世纪俱乐部（Century Club）和联合俱乐部（Union Club），均为纽约历史悠久的顶级私人会所。

谈谈这个案子吧。"

是律师,也是律师的儿子。青葱的岁月。清晨时分,地铁在污浊的昏暗中尖叫。

"你注意到前台新来的女孩了吗?"

"注意她什么?"弗兰克问。

他们被火箭发射般的噪声包围。

"很火辣。"艾伦透露道。

"你怎么知道?"

"我就是知道。"

"什么意思,你就是知道?"

"直觉。"

"直——觉吗?"弗兰克说。

"怎么了?"

"那不算数。"

这就是他俩形影不离的原因,一起工作的时间,漂亮姑娘,梦想。后来他们谁也没去结识那个头发蓬乱又近视的前台女孩。他们认识许多其他的,他们认识朱莉,他们认识凯瑟琳,他们认识艾梅斯。最近两年里,最好的是布伦达,她不知怎么从玛丽蒙特大学[1]毕了业,在西四街有一间临街的公寓。光洁的银质细边相框里是她父亲和他两个女儿在广场酒店[2]的合影,十三岁的布伦达脸上有一丝异样的微笑。

"我真想那时就认识你。"弗兰克告诉她。

布伦达说:"我猜你也是。"

他喜欢的是她的声音,纽约城的声音,不屑但友善。她喜欢说他和艾伦是一路货色,在某种程度上也确实如此。他们去她最喜欢的那些地方喝酒,老板会亲自弹钢琴,店里每个人好像都认识她。尽管如此,她还是指望着他。这座城市有它无可比拟的时刻——沿着公寓的墙壁翻滚,亲吻,像两块石头一样碰撞。下午五点,最后一点天光正在散去。"不,"她命令他,"不,不,不。"

他在吻她的喉咙。"你打算怎么处理你那个漂亮的甲状腺肿块?"

---

[1] Marymount University,一所四年制的天主教大学,创建于1950年,位于美国弗吉尼亚州,主校区位于阿灵顿。
[2] The Plaza,纽约的标志性酒店之一,拥有百年历史,位于中央公园正南方。

"你不带我去吃饭吗?"她说。

"当然带你去了。"

"漂亮的什么?"

她就像一条大狗,从他怀里蹿了出来。

"过来。"他哄道。

她走进浴室开始梳头。"我们去吃哪家?"她喊道。

她会交出自己,但多半也很难说。她会做她母亲从未做过的事情,但仍然过她母亲那样的生活,住同一种公寓,坐同样的软椅。圣诞节和给看门人的信封,扫过雨篷的雪,放学回家的孩子们。她崇拜她父亲。她和他一起去夏威夷旅行,寄回明信片,大大的潦草字迹写着三两行灼热的文字。

那是在夏天。

"有人吗?"弗兰克喊道。

他敲了敲半开着的门。短外套拿在手上,天太热了。

"好了,"他大声说,"双手举过头顶走出来吧。艾伦,掩护我。"

聚会好像已经结束了。他推开门。只有一盏小灯亮着,房间里很暗。

"嘿，布伦[1]，我们是不是来晚了？"他喊道。她不知怎的就出现在门口，光着腿，但穿着高跟鞋。"我们本来可以早点来的，但今晚有工作。走不掉。大家都在哪儿？吃的在哪儿？嗨，艾伦，我们迟到了。没有吃的，什么都没了。"

她倚在门口。

"我们想快点赶过来的，"艾伦说，"但叫不到车。"

弗兰克倒在沙发上。"布伦，别生气，"他说，"我们在工作，这是真的。我该打个电话过来的。你能放点音乐之类的吗？还有喝的吗？"

"还有那么些伏特加。"她最后说。

"冰块呢？"

"大概还有两块。"她兴致寥寥地推了把墙，走开了。他看着她走进厨房，听见冰箱门打开了。

"说起来，你是怎么想的，艾伦？"他说。"你打算怎么办？"

"我？"

---

[1] 布伦达的昵称。

"露易丝在哪儿？"弗兰克喊道。

"睡了。"布伦达说。

"她真的回家了吗？"

"她早上要上班。"

"艾伦也要上班。"

布伦达拿着酒走出厨房。

"抱歉我们迟到了。"他说。他往杯子里看去。"聚会还不错吧？"他用一根手指搅了搅里面的东西。"这就是你说的冰块？"

"简·哈拉被炒了。"布伦达说。

"真惨。她是谁？"

"她负责大型活动。罗斯想让我顶替她。"

"挺好的。"

"我还没拿定主意要不要做。"她懒洋洋地说。

"为什么不做？"

"她和他上床了。"

"然后她就被开除了？"

"那他这人可不怎么样，不是吗？"

"她也不怎么样。"

"一听就是男人说的话。天呐。"

"她长得怎么样?像露易丝吗?"

那个十三岁的笑容又闪现在布伦达的脸上。"没有人长得像露易丝。"她说。她从喉间挤出那个名字,名字的主人有一双艾伦梦寐以求的腿。"简的嘴唇很薄。"

"就这样?"

"薄唇的女人总是很冷酷无情。"

"让我看看你的。"他说。

"走开。"

"你的又不薄。艾伦,这嘴唇不薄,对吧?嘿,布伦达,别挡着。"

"你们到底去哪儿了?你们没在工作。"

他拉下她的手。"好了,自然一点,"他说,"它们不薄,很好看。只是我之前没注意到。"他往后靠在椅背上。"艾伦,你怎么样?困了?"

"我在想。这个城市变了多少,"艾伦说,"在这五年里。"

"我来这儿都快六年了。"

"当然变了。他们往下走,我们往上。"

艾伦在想那个没露面的露易丝,有一次她撇下他,让他一个人沿着没完没了的街道一路颠簸着开回了家。"我知道。"

那一年,他们坐在汗蒸室柔软的毛巾上,呼吸着尤加利的气味,聊着哈德曼·罗伊的案子。他们像胜利者一样走进淋浴间。他们的肉体还很结实。他们的臀部紧致年轻。

哈德曼·罗伊是康涅狄格州一家小型制药公司,这些年已经有点偏离原先的业务领域,却发现自己不得不起诉一家大型制药商侵犯他们一项鲜为人知的专利权。这个案子的技术性很强,胜算却很小。对方的律师团已经用多项动议与延期竖起了一道路障,案件一路向下派发,最后落到了工位在复印机旁边的弗里克和弗拉克兄弟[1]手里,只有他们才有空接这样的活儿,在蒸汽的嘶嘶声中琢磨这个案子。别人都不想接,这使得它更有吸引力。

于是他们开始干。他们又变回学生,穿着开领短袖,

---

[1] Frik and Frak,瑞士双人滑冰组合,幽默剧演员,活跃于 1930 年代。

脚搁在写字台上，随口交换不靠谱的点子，把纸揉作一团，在阅览室里待到夜深，直到书本上的文字变得模糊。

假期和周末他们也一直待在公司，有时候会睡在办公室，没等大家来上班就已经喝过咖啡了。晚饭吃得本来就晚，吃完他们还要继续讨论，它的复杂因素，各种材料怎么用合适，信件的次序，期刊上的文章，会议，含义的范畴。布伦达遇到了一个在银行工作的英俊荷兰人。艾伦遇到了一个叫荷佩的姑娘。但森林依然漫无边际，树干和藤蔓遮天蔽日，遥远事物的根连在一起。一个月，又一个月，他们越走越深，也越来越不确定自己到过哪里，还能不能走到尽头。和那些老合伙人一样，他们的生存状况日趋封闭，电话越来越少，咨询越来越少，生活只剩下午餐。大家都知道他们被这个案子吞没了，对别的事情几乎一无所知。反过来也一样——其他人也并不了解这个案子的具体情况。三年过去了。时间的长度本身就让它变得重要。这家事务所的声誉，至少在那些调侃中，全靠他们的了。

案子开庭前两个月，他们离开了维兰德-布劳恩律师事务所。弗兰克在擦得锃亮的餐桌旁坐下，准备吃星天的午餐。他父亲是纽约城里最好的律师之一。有种律师就是能赢得你的信任,成为你的朋友。"怎么回事?"他想知道。

"我们要创办自己的事务所。"弗兰克说。

"那你们一直在办的案子呢?花了好几年准备的诉讼,总不能就这么丢给他们吧。"

"不会。我们要把它带走。"弗兰克说。

一阵可怕的沉默。

"带走?你不能这么做。你上的是最好的法学院,弗兰克。他们会起诉你的。你会毁了你自己。"

"这个我们也想到了。"

"听我一回。"他父亲说。

所有人都这么说,他的母亲,他的库克叔叔,朋友们。这比身败名裂还可怕,这是耻辱。他的父亲说。

结果,哈德曼·罗伊案根本没开庭。六周后,双方达成庭外和解。三千八百万,三分之一是他们的佣金。

他的父亲也会错,这是你始料未及的。他们也没有被起诉。那件事也和解了。他们没有身败名裂,取而代之的是俯瞰布莱恩公园[1]的新办公室,从上面看,公园就像一座幽暗古堡的后花园,还有年轻的客户,歌剧演出票,与离异的女主人在公寓共进的晚餐,那些被舍弃的寓所里有书和贴着瓷砖的大厨房。

如他所说,这座城市分为上升的人和下降的人,热闹餐厅里的人和大街上的人,等待的人和不必如此的人,门上有三把锁的人和在饰有银镜和胡桃木镶板的门厅里乘电梯上楼的人。

还有像克里斯蒂夫人那样看起来很有把握,但其实卡在中间的。她想跟前夫重新协商离婚协议的事。弗兰克飞快地浏览了文件。"你觉得怎么样?"她坦率地问。

"我觉得,对你来说恐怕还是再结个婚更容易。"

她穿着她的裘皮大衣,黑色的衬里露在外面。她不以为然地轻嗤一声。"没那么容易。"她说。

他不明白她的处境,她对他说。不久前,她熟识的一对夫妇介绍她跟一个人认识。"一起吃顿饭,"他们说,"你会爱上他的,你是他的理想型,他喜欢聊书。"

---

[1] Bryant Park,位于曼哈顿中心,是每年纽约时装周的会场,附近有帝国大厦和美国银行大厦等地标建筑。

他们来到那所公寓,两个女人马上走进厨房,开始做饭。她觉得他怎么样?刚才就瞄了一眼,她说,但她挺喜欢他的,他漂亮的光头,他那件家居服。她已经开始盘算该如何处理这间蓝色调过重的公寓了。那个男人——名叫沃伦——整晚都很沉默。他丢了工作,她的朋友在厨房里解释过了。钱倒不成问题,但他很沮丧。"他受了点刺激,"她说,"但他喜欢你。"他确实问了能否再和她见面。

"不如过来喝杯茶吧,明天?"他说。

"可以,"她说,"当然。我明天正好会来这儿附近。"她补充道。

第二天四点钟,她到了,带着满满一袋书,至少要值一百美元,是她买来做礼物的。他还穿着睡衣。没有茶。他似乎记不得她是谁,也不知道她为什么会出现在那儿。她说自己想起来还要去见一个人,留下书就离开了。她乘电梯下楼,胃里突然一阵恶心。

"好吧,"弗兰克说,"也许有机会撤销那份离婚协议,克里斯蒂夫人,但这要花很多钱。"

"我明白,"她的声音变小了,"你就不能把它当成那种你能抽成的事儿来做吗?"

"这种案子不能。"他说。

已是傍晚。他请她喝一杯。她双唇紧抿,思忖着。"那你说,我该怎么办?"

她的人生就是一场场的失望,她望着杯子里的酒,对他说,大多数都是愚蠢地坠入情网的结果。和一个年长的男人约会,就因为他在她的家乡纳什维尔穿了一套白色的西装。在缅因海湾出海时,答应了乔治·克里斯蒂的求婚。"我不知道哪里可以弄到钱,"她说,"也不知道怎么弄。"

她抬起眼。发现他正坦然自若地看着她。外面的灯光渐次亮了,公园周围的建筑,街道,回家的车辆。他们谈着话,夜幕笼罩下来。他们出去吃晚饭。

那年圣诞节,艾伦和他的妻子分开了。"你不是开玩笑吧。"弗兰克说。他已经搬进了一个有着厚毛巾和精制地毯的新住所。门厅里摆着一张比德迈风格[1]的书桌,黑、金和棕褐三色的。街对面是一所私立学校。

---

[1] Biedermeier,一种介于新古典主义和浪漫主义之间的艺术风格,流行于十九世纪二三十年代的德奥意等国。

艾伦从船舷一般冰冷的窗户向外望去。"我不知道怎么办,"他绝望地说,"我不想离婚。我不想失去我女儿。"她叫卡米尔。今年两岁。

"我知道你的感受。"弗兰克说。

"除非你也有孩子,才会知道。"

"看到这个了吗?"弗兰克问。他举起校友杂志。那是他们毕业十五周年的纪念日。"认识这些家伙吗?"

班上有五名同学因成就突出被引为楷模。艾伦认出了其中两三个。"卡明斯,"他说,"那时候毫不起眼——当选了国会议员。哦,天呐,我不知道该怎么办。"

"别让她拿走公寓。"弗兰克说。

当然,这没那么容易。容易的总是别人的事。南·克里斯蒂打定了主意要结婚。一天晚上她提了出来。

"我没这种打算。"他最后说。

"你爱我,不是吗?"

"现在不是问这个的时候。"

他们沉默地躺着。她盯着房间那头不知什么东西。让他觉得很不自在。"行不通的。这只是一种对立面的互相吸引。"他说。

"我们并不是对立面。"

"我不是说你和我。女人一旦了解你就会爱上你。男人恰好相反。等到他们终于了解你的时候,就准备离开了。"

她一言不发地起身,开始敛衣服。他默默地看着她穿好。没什么可说的。可笑的是,他本想继续和她在一起的。

"我给你叫辆出租车。"他说。

"我以前以为你很明智。"她说,又像是在自言自语。他翻找着号码,感到疲惫不堪。"我不要车。我走路回去。"

"穿过公园[1]?"

"是。"有一瞬间她仿佛看到自己出现在第二天的报纸上。她在门口停了一会儿。"再见。"她冷冷地说。

她给他写了封信,他读了好几遍。在我所知的所有爱情中,没有哪份曾这样打动我。在所有的男人中,没

---

[1] 指纽约中央公园,占地面积约占曼哈顿三分之一,夜间治安状况堪忧。

有人给过我更多。[1]他拿给艾伦看,艾伦未置可否。

"出去喝一杯吧。"弗兰克说。

他们沿着列克星敦大街走着。弗兰克看上去无忧无虑,脖子上搭着围巾,外套敞着,头发显得有些稀疏。"嗯,你知道的……"他说不下去了。

他们去了一个叫杰克酒吧的地方。黑木镶板和狭长酒架上成排的酒杯闪着微光。一名年轻的酒保站在那里,双手搁在吧台边缘。"今晚过得好吗?"他笑着说,"很高兴又见到你了。"

"你认识我?"弗兰克问。

"看着很眼熟。"酒保笑着说。

"我吗?这地方叫什么名字?我得记着以后可别来了。"

吧台边还坐着几个人。离他们最近的那位小心地把目光移开。过了一会儿经理过来了,从隔着棕色帘布的后间出来。"有什么问题吗,先生?"他客气地问。

弗兰克看着他。"没有,"他说,"都挺好。"

---

[1] 除此处引文外,本篇中的仿宋字体均表示原文为意大利语。

"我们累了一整天，"艾伦解释说，"只想放松放松。"

"我们楼上有餐厅。"经理说。他身后是一架蜿蜒而上的铁艺楼梯，一路挂着框起来的狗的画像——看着像波索尔猎犬。"每晚六点到十一点供应晚餐。"

"这个我信，"弗兰克说，"听着，你的酒保不认识我。"

"他认错人了。"经理说。

"他不认识我，而且永远不会。"

"没事了，没事了。"艾伦摆摆手说。

他们在靠窗的桌旁坐下。"我真受不了这些失业演员，他们以为自己是所有人的朋友。"弗兰克评论道。

吃饭时他们谈到了南·克里斯蒂。艾伦想着她的丝绸长裙，她忘我的热情。过了一会儿，他说，问题在于，他从没遇到过那种女人，那些有时会从杰克酒吧外路过的女人。他遇到的女人都太正常了，他抱怨道。分居后，他一直在找对的人。

"你不该有什么问题的，"弗兰克说，"她们都在找你这样的。"

"她们找的是你。"

"她们以为罢了。"

弗兰克没看就付了账。"只要结过婚,"艾伦解释道,"你就想再结。"

"我没法信任任何人到要跟她结婚的地步。"弗兰克说。

"那你想要什么?"

"现在这样就挺好。"弗兰克说。

他身上少了点什么东西,女人们总是千方百计想弄清楚那究竟是什么。她们总是那样。也许很简单,艾伦想。也许什么都没少。

他们的车,一辆大型雷诺旅行车,放慢车速驶下高速公路,布伦达在后座睡着,嘴微微张开,阳光从她颧骨上闪过。那是在科莫[1]附近,他们刚刚穿越国境,边境警察朝里瞥了她一眼。

"好了,布伦,醒醒,"他们说,"我们下来喝杯咖啡。"

她从洗手间出来,头发重新梳过,补了口红。柜台

---

[1] Como,意大利北部城市。

后面,穿白外套的男孩正在清洗汤匙。

"嗨,布伦达,我忘了。应该是 espresso 还是 expresso?"弗兰克问她。

"Espresso。"她说。

"你怎么知道?"

"我是纽约人。"她说。

"没错。"他想起来了。"意大利语没有 x,对吧?"

"他们也没有 j。"艾伦说。

"为什么?"

"这个国家的人太粗心,"布伦达说,"就这么没了呗。"

就像回到了从前。她跟杜普或者布斯或者随便什么人离了婚。两个小女儿和她母亲住在一起。她笑起来的样子还是那样古怪。

在巴黎,弗兰克带他们去了疯马夜总会[1]。音乐在天鹅绒般的漆黑中响起,六个女孩在明亮的灯光下齐整地

---

[1] Crazy Horse,享有盛誉的卡巴莱歌舞厅,位于乔治五世大街,由阿兰·贝尔纳丁于 1951 年创办,是巴黎夜生活最具代表性的场所之一。"疯马秀"以纯正法式风格和浪漫艳舞著称。

踢腿。她们都穿着系着细带的高跟鞋。不朽的裸体。他坐在黑暗中，一只手撑着头。他瞥了眼布伦达。"还看不够，嗯？"她说。

三周过去了，到了该结束的时候。弗兰克还没拿定主意，或许他们还会再逗留一阵，在南法租个房子什么的。没有他们，他们的客户就只能自求多福了。总有一天，他说，你需要离开一段时间。

他们一起在酒店吃早餐，外面传来工人凿喷泉石雕的声音。他们听那个发火的女人在厨房里大喊大叫，他们开车去小镇上，每晚都喝酒。他们有各自的房间，如同单间舱房，他们就像一艘渐渐隐没的小船上的乘客。

正午，光线沿着建筑物的曲线移动，散步的人都走得很远。一群鸽子在一只小跑的狗面前如海浪般涌起。前面那张桌边的男人拿着双筒望远镜东张西望。两个瑞典女孩漫步经过。

"现在它们都变黑了。"男人说。

"什么变黑了？"他妻子说。

"鸽子。"

"艾伦。"弗兰克神神秘秘地说。

"怎么?"

"鸽子变黑了。"

"哦,那可真可惜。"

他们沉默了一会儿。

"你怎么不拍张照呢?"那个女人说。

"拍照?"

"那些女人。你盯着看了这么久。"

他放下望远镜。

"要知道,这些曲线可真是优雅,"她说,"所以这个广场才能这么完美。"

"这天气可真是宜人,不是吗?"弗兰克学着同样的语调说。

"还有鸽子。"艾伦说。

"鸽子也是。"

过了一会儿,这对夫妇起身离开了。鸽群被一个奔跑的孩子惊飞,在他头顶嘶鸣。"我看你俩还是没个正形。"布伦达说。弗兰克笑了。

"回纽约我们应该再聚聚。"那天晚上她说。他们在等艾伦下来。她伸手去拿桌子另一边的一本杂志。"你还没见过我的孩子,是吧?"她说。

"没有。"

"都是很好的孩子。"她翻着杂志,并没留意上面的内容。她的手臂晒黑了。她没有戴婚戒。第一幕结束了,确切地说,是戏剧的前五分钟。现在,剧情开始了。"还记得戈尔迪家的那些晚上吗?"她说。

"那时候情况很不一样,不是吗?"

"也没多少不同。"

"你什么意思?"

她晃了晃光秃秃的无名指,瞥了他一眼。就在这时艾伦出现了。他坐下来,看了看这个,又看看另一个。"怎么?"他问道。"我来得不是时候吗?"

到了她要离开的时候,她希望他们开车去罗马。他们可以待几天,然后她从那儿坐飞机走。他们不去那个方向,弗兰克说。

"开车只要三小时。"

"我知道,但我们打算走的是另一条路。"他说。

"看在上帝分儿上。你怎么就不能开车送送我?"

"我们去吧。"艾伦说。

"要去你去。我就待在这儿。"

"你干吗不去从政?"布伦达说,"你可真是那块料。"

她走后,气氛也为之一变。现在只有他们自己了。他们驾车穿过昏昏欲睡的乡村向北驶去。夜幕降临在威尼斯,碧波轻轻拍打河岸。一些宅邸还亮着灯。顶层的窗幔背后,伯爵夫人们的双腿舒展,像蛇一样在床单上扭动。

在哈利酒吧,弗兰克举起一只雾蒙蒙的冰酒杯,低声念着他父亲的台词:"晚安,护士。"他与邻桌的人闲聊,他是德国人,杜塞尔多夫一家酒店的经理,带着他的女朋友。她一直在打量他。"想来一口吗?"他问她。这是他的第二杯。她喝着酒,眼睛直直地看着他。"你好像把它喝光了。"他说。

"是的,我喜欢这样。"

他笑了。喝酒的时候他总是格外镇静。有一次在卢加诺[1]的公园里,有一只鸟落在了他的鞋子上。

清晨,宽如河流的航道对面,朱代卡岛上的建筑色

---

[1] Lugano,瑞士南部靠近意大利边境的一座旅游城市。

调柔和，犹如一艘沉没的巨大驳船，上面是层层屋顶和掩映其间的树冠。秋天的第一阵风吹来，弄皱了水面。

离开威尼斯时，还是弗兰克开车。不亲自开他就没法待在车里。艾伦靠在椅背上，望着窗外，阳光洒落在古老的山坡上。在欧洲的日子，那些沉默，在时速一百码左右浮动的指针。

在帕多瓦[1]，艾伦早早醒了。市场上的摊位正在搭设。天刚蒙蒙亮，很清凉。一个男人在人行道上铺木板，八块像门一样的木板，用来堆放成袋的谷物。他穿着西装的上衣。他在卡车里找了几个小木片垫在木板下面，把脚踩上去试了试。

天空变成了紫罗兰色。屠夫们在柱廊下挂出母鸡和公鸡，带距的双腿绑在一起。两个男人坐着修剪洋蓟。宪兵的蓝色轿车懒洋洋地驶过。一袋袋大米和干豆子摆了出来，袋子最上面像袖口一样卷起。一个穿着修身大衣、戴着头巾的女孩大声说："要啥？"然后凛然地，"您说！"

---

[1] Padua，意大利北部威尼托大区城市，毗邻威尼斯。

他用新的眼光注视这个世界，它的人行道和建筑，那些已经延续千年的名字。似乎他的生活正在被澄清，悬浮物缓缓沉降。街对面有家珠宝店，一个女孩正把东西陈列在橱窗里。她戴着白手套，小心翼翼摆放一件件物品。他站在那儿看的时候，她抬起眼来。有那么一会儿他们四目相对，中间隔着明亮的玻璃。她手里正拿着一条青金石手镯，是警车的那种蓝色。他壮着胆子，无声地用口型问，多少钱？三十六万。她用嘴唇说。他回到酒店时已是早上八点了。一辆出租车靠边减速，轧轧停在狭窄的街道上。一个穿着礼服的女人下车走进酒店。

日子一天天过去。在维罗纳，教堂的塔尖从薄雾中升起，然后是整个穹顶。穿白色制服的侍者们从后厨出来。第一道菜，第二道菜，甜点。[1] 他们在阿雷佐[2]住了下来。弗兰克回到桌边，拿着几张明信片。艾伦想要每

---

[1] Primi, secondi, dolce. 意大利正餐的一般程序是：前菜（Antipasto），第一道（Primi Piatti），第二道（Secondi Piatti），甜点（Dolce）和咖啡（Caffè）。
[2] Arezzo，意大利中部城市。

周都给女儿写点什么。可他根本不知道该说什么:他们在哪里,看到了些什么。乔托[1]——对她来说又有什么意义呢?

他们坐在车里。弗兰克穿着一件斜纹软呢外套。像是山羊绒的——他一直在到处乱买,米索尼,还有许多别的地方,风衣,鞋。一群穿黑裙子的女学生正从街对面的拱门下出来。过了会儿,其中一个独自走了过来。她站在那儿,好像在等什么人。艾伦正在研究地图。他感到引擎发动了。他们非常缓慢地向前移动。车窗轻轻滑落下来。

"劳驾,小姐。"他听见弗兰克说。

她转过身来。她的五官清纯,脸上没有表情,转过头来看的样子就像一只鸟儿,随时可能飞走。

往哪边走是市中心?弗兰克问她。她朝一边看看,又朝另一边。"那边。"她说。

"你确定吗?"他说。他不慌不忙地转过头去,大致望着她指的方向。

---

[1] Giotto(1266?—1337),意大利文艺复兴初期的画家、雕塑家、建筑师。

"是的。"她说。

他们要去锡耶纳,弗兰克说。女孩没有作声。她知道哪条路去锡耶纳吗?

她指了指另一条路。

"艾伦,你想载她一程吗?"他问道。

"你在说什么?"

两个像医生一样穿着白罩衫的男人正在教堂的木门上忙活。站在脚手架顶上。弗兰克伸手打开了后车门。

"你想兜兜风吗?"他问道。用手指做了个小小的圆周运动。

他们默默穿过街道。收音机开着。没有人说话。弗兰克从后视镜瞥了她一两眼。当时波兰发生了一起颇受关注的谋杀案,有个牧师被杀害了。夜幕正在降临。商店橱窗里的灯亮起来,报刊亭里摞着晚报。遇害男子的尸体躺在《晚邮报》右上角一口长棺材里。它穿着干净的衣服,像一个遭遇严重事故的工人。

"你想不想来点餐前小吃?"弗兰克回头问道。

"不。"她说。

他们转回教堂。他和她一起出去待了几分钟。艾伦注意到他的头发很稀疏。奇怪的是，这让他看上去更年轻了。他们站在那儿说话，然后她转身沿着那条街走了。

"你跟她说什么了？"艾伦问道。他很紧张。

"我问她要不要叫辆出租车。"

"我们是在自找麻烦。"

"不会有什么麻烦的。"弗兰克说。

他的房间在拐角处。很大，靠窗有一个休息区。木地板上铺着两条破旧的东方地毯。浴室的一个玻璃柜上放着他的梳子、乳液和古龙水。毛巾是浅绿色的，上面的酒店名字是白色的。她没去看这些。他之前给了门房四万里拉。意大利的法律很严格。下午几乎同一时间。他跪下来脱掉她的鞋。

他已经拉上窗帘，但周围依然有光线透进来。有一刻她好像在发抖，她的身体战栗着。"你还好吗？"他说。

她已经闭上眼。

后来，站着的时候，他在镜子里看到了自己。他的腰似乎变宽了。他侧了侧身，好让它不那么明显。他又上了床，但还是太快了。"够了。"最后她说。

之后他们下楼去，跟艾伦在咖啡厅碰头。他没法直视他们。他开始用一种愚蠢的方式说话。她在学校学什么，他问。看在上帝分儿上，弗兰克说。好吧，她父亲是做什么的？她听不懂他在说什么。

"他做什么工作？"

"家具。"她说。

"卖家具？"

"修复。"

"在我们的国家，没有修复。"艾伦解释道。他用手势示意。"都扔掉了。"

"我得重新开始跑步了。"弗兰克决定。

第二天是星期六。他让门房拨通她的电话，然后把话筒递给他。

"喂，埃达吗？我是弗兰克。"

"我知道。"

"你在干什么？"

他没听懂她的回答。

"我们要去佛罗伦萨。你想去佛罗伦萨吗？"他说。她没说话。"不如过来一起玩几天？"

"不。"她说。

"为什么不?"

她压低声音说:"我要怎么找借口?"

"你总能找到的。"

房间那头的一张桌旁,孩子们在玩牌,三个衣着讲究的女人,他们的母亲正坐着闲聊。纸牌扔下的时候,孩子们发出兴奋的叫喊。

"埃达?"

她还没挂。"好。"她说。

山上在烧树叶。看不见烟,但经过的时候可以闻到,就像餐馆或者造纸厂的味道。这让弗兰克突然想起小时候,那些乡村别墅,很久以前和父亲一起耙草坪。绿色的路标上出现了佛罗伦萨的字样。开始下雨了。雨刷静静扫过玻璃。一切美好而模糊。

他们在一家餐馆吃饭,房间很简朴,墙壁刷成白色,就像地下酒窖。她看上去非常年轻。就像一只幼犬,眼白是那样纯净。她很少说话,手里摆弄着菜单上掉下来的一角粉色纸片。

早晨他们漫无目的地散步。橱窗里陈列的东西是给更成熟的女人的，至少要三十多岁，丝质长裙、手镯、围巾。芬迪店里有一件漂亮的外套，下面用小小的金属数字标注了价格。

"喜欢吗？"他问道。"来吧，我给你买。"

他告诉店里的人，想看看橱窗里那件外套。

"给这位小姐吗？"

"是的。"

她好像不太清楚状况。她的脸没在皮草里。他探进去摸了摸她的脸颊。

"你知道那多少钱吗？"艾伦说，"四百五十万。"

"你喜欢吗？"弗兰克问她。

她一直穿着它。穿着它看电视里的足球赛，双腿蜷在身下。房间里乱七八糟的，他们一整天都没出门。

"要不我们离开这儿吧，怎么样？"艾伦毫无预兆地问道。解说员们用意大利语大嚷大叫。"我还想去看看斯波莱托[1]。"

"当然可以。那是哪儿？"弗兰克说。他一只手放在

---

[1] Spoleto，意大利翁布里亚大区佩鲁贾省的一座城市，位于亚平宁山脉脚下，被誉为"翁布里亚的明珠"。

她的膝盖上,用最轻微的动作摩挲着,仿佛那是一只打瞌睡的猫。

乡村开阔平坦,雾霭低垂。他们把过去留在身后,没有洗的玻璃杯,浴室地板上的毛巾。在餐厅里,弗兰克注意到他翻领上有块污渍。领班正在每只餐盘上研磨新鲜的帕尔玛干酪。弗兰克想弄掉污渍。他用水把餐巾的一角浸湿,在那里擦了又擦。他们的桌子靠近门口,从服务台可以看到。埃达在摆弄一只耳环。

"用餐巾遮住好了。"艾伦对他说。

"来,把这个弄掉,行吗?"他问埃达。

她用指甲飞快地刮了刮。

"没有她我可怎么办?"弗兰克说。

"什么意思,没有她?"

"这就是斯波莱托。"他说。污迹不见了。"我们再喝点红酒吧。"他叫来侍者。"看看。告诉他。"他对埃达说。

他们大笑,聊起过去的日子,那时他们每周挣八百美元,每天工作十到十二个小时。他们谈起维兰德和他鼻子上的红血丝。他总是用"生动"这个词,证词有点太生动了,过于生动了,相当生动的装潢风格。

他们大声交谈着离开了。埃达穿着那件巨大的外套挤在他们中间。"Alla rovina，"等他们走到街上时前台的店员咕哝着，"alle macerie，"他说，电话总机旁的女孩看着他，"alla polvere。"[1] 说的是垃圾和尘土的什么事情。

早晨越来越冷。庭院的桌腿边积起落叶。艾伦独自坐在酒吧里。一位女招待，嘴唇上有痣的那个，进来打开了咖啡机。弗兰克下来了，肩上披着一件大衣。他穿着衬衫，没系领带，看上去活像某些医院里有钱的病人。他像个经营农产品的生意人，刚打完通宵的牌。

"我说，你觉得怎么样？"艾伦说。

弗兰克坐下来。"天气很不错，"他评论道，"也许我们该去个什么地方。"

在这个房间，也许在整个旅馆，他们的声音是唯一的声音，断续而低沉，像扫地时一下下轻柔的响动。一个喑哑的声音，然后是另一声。

"埃达在哪儿？"

"在洗澡。"

---

[1] 直译大意为：成了废墟，成了瓦砾（残骸），成了尘土。

"我想我该跟她道别了。"

"为什么?怎么回事?"

"我想我得回家了。"

"出什么事了?"弗兰克说。

从吧台后面的镜子里艾伦可以看到自己,浅黄色的头发。不知怎的,他看上去很黯淡,像是根本不存在。"什么事也没有。"他说。她已经走进酒吧,坐在房间的另一头。他感到胸口一阵发堵。"欧洲让我压抑。"

弗兰克看着他。"是因为埃达吗?"

"不是。说不好。"周围异常安静。艾伦把双手放在膝上。它们在发抖。

"就因为这个吗?我们可以共享她的。"弗兰克说。

"什么意思?"他紧张得话都说不清楚。他偷偷瞄了埃达一眼。她正在看外面花园里的什么东西。

"埃达,"弗兰克喊道,"你想喝点什么?"他做了个把酒杯举到嘴边的动作。上大学时,他一直是大家的宠儿。他的姓氏舒夫德先是被叫成舒夫,然后是舒兹[1]。他

---

[1] Shoes,意为"鞋子"。

跑过宾州接力赛。他母亲的家族可以上溯六代人。

"橙汁。"她说。

他们坐在那儿轻声交谈。他们经常这样,埃达注意到。他们谈业务,或者纽约的其他事情。

那天晚上回到酒店后,弗兰克说了这事。她马上就明白了。不。她摇头。艾伦独自坐在酒吧里。喝着某种甜酒。这事行不通的,他知道。其实也没关系。但他仍然感到羞愧。他头顶的酒店,它的一道道走廊和安静的房间,除了这种事,还能用来干什么呢?

弗兰克和埃达进来了。他鼓足勇气转头看向他们。她的脸上没透露什么——反正他看不出来。他在喝的这是什么酒?最后他问道。她没听懂这个问题。他看见弗兰克微微点了一下头,像在表示同意。他们就像小偷。

清晨,窗玻璃上的第一缕光是蓝色的。雨的声音。花园里树叶翻飞,从碎石上拂过。艾伦从床上起身,把松开的百叶窗拉紧。楼下,半掩在树篱中,一尊雕像白得发亮。几辆停着的汽车微微闪着光。她还在睡,枕着一个又软又大的枕头。他不太敢唤醒她。"埃达,"他轻声说,"埃达。"

她的眼睛睁开一点,又合上了。她很年轻,可以睡个不停。他不敢碰她。他知道她不情愿,她裸露的脖子,她的头发,还有他看不见的那些东西。要过一段时间它们才会习惯。他不知道能做什么。除此之外,一切都很完美。这是世界上最自然的事情。他也要给她买点东西,漂亮的东西。

在浴室里,他在窗前待了很久。他在想他们第一天去维兰德-布劳恩事务所工作的时候——他和弗兰克。他们将形影不离。威尼托的花园已是秋天。天微微亮。他会永远记得见到弗兰克的情景。只靠他一个人绝不可能做到这些事。一个戴棒球帽的年轻人突然从楼下的门廊出来。他穿过车道跳上一辆摩托。引擎启动,形影微微模糊。车前灯一亮,他就走了,后座载着送货篮。他要去买点面包卷当早饭。他的生活很简单。空气清冽凉爽。他是他们伟大而一成不变的秩序的一部分,他们靠薪水生活,他们的世界没有光亮,也不知道上面有什么。

# 异国海岸
FOREIGN SHORES

彭斯太太和她的白鞋子离开了。两天前走的,楼梯顶头的那间屋子空了,梳妆台不再乱扔着化妆品,熨衣板终于收了起来。只剩下零星几枚发卡和薄薄一层爽身粉。第二天特鲁丝来了,带着两只手提箱,双颊通红。三月天还很冷。克里斯托弗跑去厨房看她,假装是偶然路过。"你会开枪打人吗?"他问。

后来他们得知她是荷兰人,没有工作许可证[1]。房子里乱作一团。"我每周可以付你一百三十五美元。"格洛丽亚告诉她。

起初克里斯托弗不喜欢她,但很快,堆在厨房台面

---

[1] Work permit,一种法律文件,允许未满法定年龄的人在某个就业地点合法工作,对其要求和获得方式因国家和地区而有所不同。

上的盘子都洗干净收了起来,地板也打扫过了,事情基本上恢复了正常——清洁女工每周只来一次。特鲁丝干活不快,但很卖力。她肯洗衣服,身为注册护士的彭斯太太可不愿干这个。她会购物,烧饭,照看克里斯托弗。她是个勤恳工作的人,十九岁,面色暗沉。格洛丽亚送她去南安普敦[1]的伊丽莎白·雅顿美容院打理皮肤,每个礼拜一外加一个晚上给她放假。

特鲁丝渐渐了解了。这座由马车房改建而成的大房子是租来的。格洛丽亚二十九岁,喜欢睡懒觉,起居室的地毯上不时会出现烧坏的窟窿。克里斯托弗的父亲住在加利福尼亚,格洛丽亚有个叫内德的男朋友。"那个王八蛋,"她常说,"不把欠我的钱还完,他打死都别想再见克里斯托弗一眼。"

"就是。"内德说。

天气转暖时,可以看到特鲁丝出现在村里这家或那家商店,或者从街上走过,后面跟着克里斯托弗。她看上去很沉闷。那时她已经结识了另一个女孩,一个法国

---

[1] Southampton,位于纽约长岛。

女孩，也是做换工[1]的，她们会一起去看电影。昂贵的汽车从抽枝吐绿的树下掠过，一周比一周多。特鲁丝开始带克里斯托弗去海滩玩。格洛丽亚会目送他们离开。她通常还穿着她的浴袍。挥挥手，喝着咖啡。她很幸运。所有朋友都这么说，她自己也知道：特鲁丝是难得的好手。她已经把自己变成了这个家的一员。

"特鲁丝知道去哪儿弄到宠物老鼠。"克里斯托弗说。
"弄到什么？"
"小老鼠。"
"老鼠。"格洛丽亚说。

他正在看她化妆，看得入神。她的脸几乎碰到了镜子，全神贯注地，把长长的睫毛轻轻往上挑。她有一大蓬金色的头发，上唇有颗痣，上面长着几根毛没拔，前额上有个小疤痕，但除此之外那是一张漂亮的脸。她的初次亮相总是引人惊叹。之后你也许会留意到她纤细的腿，她称之为贵族的腿，她母亲的也是这样。夜色渐深，

---

[1] Au pair，互惠换工生，以帮做家务、照料小孩等换取食宿并学习语言的外国年轻人。

她的完美也随之衰减。光泽从她唇上消失，耳环也弄丢了。公路巡警全都认识她。几周前她参加完聚会，回来的路上把车开进了一道沟，凌晨三点沿着乔治卡路走回了家，为了从厨房的门进屋敲碎了两块玻璃。

"她的朋友知道去哪里弄。"克里斯托弗说。

"哪个朋友？"

"哦，只是个朋友。"特鲁丝说。

"我们见过他。"

格洛丽亚的眼睛从镜中的同一双眼睛上移开，在特鲁丝身上停留了片刻，特鲁丝也在专注地看着她。

"我可以养几只老鼠吗？"克里斯托弗央求道。

"什么？"

"求你了。"

"不可以，宝贝。"

"求你了！"

"不，我们自己的老鼠已经够多的了。"

"在哪儿？"

"满屋子都是。"

"求你了！"

"不行。别闹了。"接着她漫不经心地对特鲁丝说："是男朋友吗？"

"不是我的什么人，"特鲁丝说，"只是见过。"

"好吧，那你记得要留点儿神。你永远不知道见的是个什么人，得当心。"她微微后退一点，仔细端详自己那双大大的、描了黑色眼线的眼睛。"就感谢上帝你不在意大利吧。"她说。

"意大利？"

"在那儿你都没法上街。出门去买双鞋都不行，他们全都会贴上来，动手动脚的。"

那是在迪安德鲁卡超市外面，克里斯托弗坚持要自己拎口袋，但刚出门就把袋子掉在了地上。

"哦，你看看，"特鲁丝恼怒地说，"我告诉过你别弄掉了。"

"我没弄掉。是它自己掉的。"

"别碰它，"她警告说，"有碎玻璃。"

克里斯托弗盯着地面。他体格很结实，头发剪得短短的，下巴上有一道浅浅的沟，跟他那个被驱逐的父亲一样。人群从他们身旁走过。特鲁丝很气恼。天气炎热，店里全是人，她还得再进去一趟。

"看来出了点小事故，"一个声音说，"嘿，你打碎什么了？没关系，他们会给你换的。我认识收银员。"

过了一会儿他又出来了，对克里斯托弗说："这次你能拿稳了吧？"

克里斯托弗没吱声。

"你叫什么名字？"

"嗯，告诉他吧。"特鲁丝说。又过了一会儿，她说："他叫克里斯托弗。"

"可惜今天早上你没和我在一起，克里斯托弗。我去了个地方，那里养了很多老鼠。你见过吗？"

"在哪儿？"克里斯托弗说。

"它们会乖乖坐在你手里。"

"它们在哪儿？"

"你不可以养老鼠。"特鲁丝说。

"不，我可以。"他们往前走的时候他不停地重复。"我想要什么都可以。"他说。

"安静点。"他们在他头顶上说。快到街角时他们站了一会儿。他们继续聊着,克里斯托弗没有作声。他感到头发被人扯了一下,但没有抬头看。

"说再见,克里斯托弗。"

他什么也没说。他不肯抬起头来。

下午三点左右,太阳像一座火炉。与之相比一切都显得黯淡,地平线消失在热气中。海滩远处有几座堂皇的宅邸,其中一座跟前有面大旗在飘扬。特鲁丝在沙滩上吃力地走着,克里斯托弗跟在后面。最后她终于看到了自己在找的东西。沙丘上有个坐着的人影。

"我们要去哪儿?"克里斯托弗问。

"上去就到了。"

克里斯托弗很快就明白了他们要去哪儿。

"我有老鼠。"这是他说的第一句话。

"是吗?"

"你想知道它们的名字吗?"它们其实是两只绝望的沙鼠,待在一桶刨花里。"猫人和小蝙蝠。"他说。

"猫人?"

"个头大的那只。"他注意到特鲁丝正在铺一条浴巾。

"我们得一直待在这儿吗?"

"没错。"

"为什么?"他问。他想到下面靠近水边的地方去。最后特鲁丝还是同意了。

"但你得待在我能看见的地方。"她说。

他跑开时,铲子从他的桶里掉了出来。她只好把他叫回来。他又走开了,她假装在照看他。

"我很高兴你能来。我还不知道你叫什么。我知道他的名字,但不知道你的。"

"特鲁丝。"

"我从来没听过这个名字。哪里的,法国?"

"荷兰。"

"哦,这样。"

他的名字是罗比·沃纳,"比你的差远了",他说。他的笑容随和,眼珠淡蓝。他身上有种玩世不恭的气质,像一个被开除了但并不为此感到不安的学生。太阳呼啸而下,打在衬衫下面特鲁丝的肩膀上。她里面穿着一件蓝色的连体泳衣。她意识到自己过于笨重的身体,意识到灼人的热浪,还有伸到她旁边的两条粗壮的男人的腿。

"你住在这儿吗?"她说。

"只是来度假的。"

"从哪儿来?"

"猜猜看。"

"我不知道。"她说。她不擅长这种事。

"沙特阿拉伯,"他说,"大概有这儿的三倍热。"

他在那里工作,他解释道。他有一套自己的公寓和一部免费电话。起初她不相信。他说话的时候她又瞥了他一眼,心想他说的应该是实话。他每年有两个月假期,他说,通常都在欧洲。在她的想象中,那应该就是睡在酒店里,很晚起床,然后出门吃午餐。她希望他能不停地说下去。她想不出自己该说点什么好。

"你呢?"他说,"你是做什么的?"

"哦,我只是在帮忙照看克里斯托弗。"

"他母亲在哪儿?"

"她就住在这里。她离婚了。"特鲁丝说。

"离婚真是太糟糕了。"他说。

"我也这么想。"

"我是说,何必结婚呢?"他说,"你的父母还在一起吗?"

"是的。"她说,但他们似乎不是很好的例子。他们结婚快二十五年了,饱受婚姻的折磨,尤其是她母亲。

突然,罗比微微挺起上身。"啊——诶?"他说。

"怎么了?"

"你的孩子。我没看到他。"

特鲁丝迅速跳起来,四下张望,然后开始朝水边跑去。潮水冲刷而成的突出礁石遮住了海岸。她一路跑过去,终于看见礁石后面那个金发的小脑袋。她大声唤他的名字。

"我告诉过你得待在我能看见的地方,"她走到他跟前,上气不接下气地喊道,"我跑了一路。你知道我都快被你给吓死了吗?"

克里斯托弗用他的铲子胡乱拍打着沙子。他抬起头,瞧见了罗比。"你想造城堡吗?"他天真地问。

"当然了,"过了一会儿罗比说道,"来吧,我们往下走一点,离水更近。那样我们就有护城河了。你想帮我们造城堡吗?"他对特鲁丝说。

"不,"克里斯托弗说,"她不可以。"

"她当然可以。她要帮我们完成一项非常重要的工作。"

"什么事？"

"待会儿你就知道了。"他们沿着被潮水润湿的柔滑斜坡走下去。

"你叫什么名字？"克里斯托弗问。

"罗比。这地方不错。"他跪下来，开始大把大把地挖沙子。

"你有阴茎吗？"

"当然。"

"我也有。"克里斯托弗说。

她正在为他准备晚餐，他在外面的阳台上玩，拿他的铲子敲打着石砖。天气很热。她的衣服黏在身上，上唇濡湿了，但待会儿她会上楼冲个澡。她在二楼有个房间——不是彭斯太太那间——而是一间粉刷成白色的小客房，门锁已经被拆掉了，打上了一块粗糙的补丁。窗外就是树丛和隔壁房子浓密的篱墙。房间朝南，能捕捉到微风。克里斯托弗经常会在早晨爬到她床上，他的腿很凉,头发闻着有点酸。房间里充满炽热的光。她能感觉到被单里有沙子,微小而确凿的痕迹。她睡眼惺忪地转过头去看床头柜上的手表。还不到六点钟。最早起的鸟儿在啁啾鸣啭。躺在她旁边,闭着眼睛,小嘴微张,露出一排小牙齿的,是这个完美的男孩。

他已经动手在花丛周围挖土了。他把土堆在阳台边上。

"别这样,会伤到它们的,"特鲁丝说,"你要是还不住手,我就把你放到树上去,就是棚子旁边那棵。"

电话响了。格洛丽亚在房子里其他地方接了。过了一会儿,她喊道:"是找你的。"

"喂?"特鲁丝说。

"嗨。"是罗比。

"你好。"她说。她不知道格洛丽亚有没有挂断。然后她听到咔嗒一声。

"今晚能出来见个面吗?"

"嗯,我可以来见你。"她说。她觉得一颗心分外轻快。

克里斯托弗开始用铲子在纱门上刮来刮去。"抱歉,等我一下。"她说,把手捂在话筒上。"快住手。"她喝令道。

挂断电话后她转身对着他。他正在门口往里看。"饿了吗?"她问道。

"没有。"

"来,我带你去洗手。"

"你为什么要出门?"

"只是出去玩玩。来吧。"

"你要去哪儿?"

"哦,别问了,行不行?"

那天晚上没有风。高温迅速席卷全身,像一阵突如其来的脸红。漆黑一片的车站再往前,"洗衣房"主题酒吧的冷气犹如雷暴,他们坐在挤满了男人的吧台附近。这里嘈杂又拥挤。时不时就有人路过打个招呼。

"像个动物园,不是吗?"罗比说。

格洛丽亚总是去那儿,她知道。

"喝点什么?"

"啤酒。"她说。

吧台边至少有二十个男人。她能觉察到不时扫过的瞥视。

"我说,你穿上泳衣可真不赖。"罗比说。

她觉得,实际情况正好相反。

"你想过减掉几磅吗?"他说。他说话总是沉着又从容。"对你来说,可能真的很管用。"

"是的,我知道。"她说。

"你想过做模特吗?"

她不肯看他。

"我是认真的,"他说,"你的脸很好看。"

"我可不是做模特的料。"她小声说。

"不只是那个。你的屁股也很好看,你不介意我这么说吧?"

她摇了摇头。

后来,他们开车经过一些高大漆黑的房屋,沿着一条小路行驶,路的尽头出人意料地豁然开朗,正如原本一眼能看到头的前程此刻不知怎的也向她敞开了。田野轻柔起伏,灯火在远处摇曳。一块写着"埃及路"的路标——她头很晕,看不真切——在车灯的照射下短暂浮现。

"知道我们到哪儿了吗?"

"不知道。"她说。

"那边就是梅德斯通俱乐部[1]。"

他们过了一座小桥,继续往前走。最后拐进一条车道。他关掉发动机时,她听到了大海的声音。附近停着另外两辆车。

"这里有人吗?"

"没有,他们都睡了。"他悄声说。

他们越过草地走到房子的另一边。他的房间像是在某座附属建筑里。有一股潮湿的气味。梳妆台上堆满了衣物,剃须用具,杂志。他划亮火柴去点蜡烛时,她隐约看到了这一切。

"你确定这儿没人吗?"她说。

"不用担心。"

一切都有点笨拙。事后他们一起洗了澡。

---

[1] Maidstone Club,位于纽约东汉普顿的高尔夫俱乐部,成立于1891年,是纽约上流社会著名的夏季度假胜地,被认为是汉普顿最具声望和最难进入的俱乐部。

菜单上几乎没有格洛丽亚想吃的东西。

"你要点什么?"她说。

"蟹肉沙拉。"内德说。

"那我就要牛油果吧。"她决定。

侍者接过了菜单。

"一家制药公司,你是说?"

"我觉得他工作的那个还是挺大的一家。"她说。

"哪家?"

"不知道。在沙特阿拉伯。"

"沙特阿拉伯?"他将信将疑地说。

"钱都到那儿去了,不是吗?"她说,"反正没来这儿。"

"她是怎么认识这家伙的?"

"酒吧勾搭的,我觉得。"

"倒不意外。"他说。他用一只手指把无框眼镜往上推了推。他穿着一件套头衫,袖子捋了起来。他的头发被晒褪了色。他看上去很孩子气,也很英俊。他三十三岁了,没结过婚。他只有两个地方有问题:他母亲把所有钱都存进了一家信托公司，还有他的背。出了点毛病。痉挛发作时很厉害，有时他不得不在地板上躺几个小时。

"嗯，我敢肯定他知道她只是个保姆。他是来这儿度假的。我希望他别伤了她的心，"格洛丽亚说，"其实我很高兴有这么个人出现。对克里斯托弗来说是好事。她不太可能回应他对她的情欲。"

"对她的什么？"

"相信我，这不是我的想象。"

"哦，得了吧，格洛丽亚。"

"确实有这么回事儿。也许她不知道。他成天赖在她床上。"

"他才五岁。"

"男孩五岁就能勃起。"格洛丽亚说。

"哦，是吗。"

"亲爱的，我见过他那样。"

"五岁？"

"这么惊讶做什么，"她说，"男孩生来就会。你只是不记得了，仅此而已。"

她没有得相思病,也没有闷闷不乐。接下来的几周里,她变得更沉默了,但也更自如了,并没有多伤心。她像往常一样去购物,穿着一双平底鞋,显得有些矮胖。格洛丽亚甚至怀疑她是不是怀孕了。

"你都还好吗?"她问道。

"嗯?"

"亲爱的,你感觉还好吧?你懂我的意思。"

有几次,他们俩从海滩回来,特鲁丝耐心地帮克里斯托弗刷掉脚上的沙子,格洛丽亚对她产生了极大的同情,她理解她为什么沉默。从一个人的外貌你完全可以看出她的命运会怎样。特鲁丝的脸上一片空洞,没有任何表情,只有和克里斯托弗玩的时候才会绽出笑来。总之她就像个孩子,一个大块头的孩子,一个缺乏想象力的玩伴,过段时间就会被遗忘。还有她的梦想,多蠢呐!她想成为一名时装设计师,有一天她这样说。她对设计服装很感兴趣。

没有人知道男朋友离开之后她的真实感受。她拎着杂货进屋,纱门在身后砰的一声关上。她接电话,转达口信。晚上,她和克里斯托弗坐在楼上破旧的沙发里看电视。有时他们会一起笑出声。书架上堆满了游戏玩具、塑料玩偶和儿童读物。时不时地，克里斯托弗就会被告知带一本书下楼，好让妈妈给他读一个故事。让他喜欢书籍是非常重要的，格洛丽亚说。

那是一只淡蓝色的信封，一角印着阿拉伯文。特鲁丝站在厨房台边拆开信封，读了起来。字迹稚嫩而细小。亲爱的特鲁丝，上面写到，谢谢你的来信。我很高兴收到它。不过，寄到沙特阿拉伯的信上不需要贴这么多邮票。一张美国航空邮票就够了。很高兴听到你说想我。她抬起头来。克里斯托弗正在门口敲什么东西。

"这个动不了了。"他说。

他拖着一辆玩具车，这辆车必须充气才能开动。

"来，让我看看。"她说。他似乎就快要哭出来了。"这个是插在这儿的，对吧？"她把小塑料软管接上。"好了，现在就能动了。"

"不，它动不了。"他说。

"不，它动不了。"她学着他的腔调。

他沮丧地看着她充气。手柄摇不动的时候，她把汽车放在地板上,对准方向,然后松开。它猛冲过房间,撞到了对面的墙上。他走过去用脚轻轻推了推它。

"你想玩吗?"

"不想。"

"那么把它捡起来放好。"

他没有动。

"把……它……捡起来……"她用低沉的声音说着,一步一顿地朝他走去。他用眼角余光偷偷看着。摇摇摆摆的又一步。"不然我就吃掉你。"她咆哮着。

他尖叫着冲向楼梯。她一遍遍地喊着,慢慢拖着步子走向楼梯。狗在吠叫。格洛丽亚走进门来,弯腰脱下鞋子踢到一边。"嗨,有电话吗?"她问道。

特鲁丝中止了她的表演。"没有。没人找。"

格洛丽亚刚去探望了她的母亲,这件事情总是令人身心疲惫。她看了看四周。有什么不大对劲,她意识到。"克里斯托弗在哪儿?"

一缕金黄色的头发从楼梯平台上方冒了出来。

"哈啰,亲爱的。"她说。顿了一下。"妈妈和你打招呼呢。怎么了?有什么事吗?"

"我们在玩游戏。"特鲁丝解释道。

"好吧,先别玩了,过来亲亲我。"

她把他带到客厅。特鲁丝上楼去了。过了一会儿她听到有人在叫她的名字。她把那封读了五六遍的信折起来,走到楼梯口。"怎么了?"

"你能下来吗?"格洛丽亚说,"他要把我逼疯了。"

"真受不了他,"特鲁丝到了之后她说,"他弄洒了自己的牛奶,还踢翻狗的水盆。看这儿乱的!"

"我们出去玩吧。"特鲁丝说着,伸手去拉他的手,但他躲开了。"来吧。还是你想骑小马去?"

他盯着地板。她旁若无人地伏下身,手脚着地。她甩甩头发让它披散开,同时发出一种奇怪的声音,一种微弱的嘶鸣,像玻璃的叮当声一样纯净。她转过脸来,漠然地望着他。他在打量着她。

"来,"她平静地说,"你的小马在等你。"

从那之后,每逢信件寄到,特鲁丝总会折起来塞进口袋,而格洛丽亚喜欢逐一查看邮件:账单、画廊开业邀请函、紧急请款函,偶尔还有一封信。她自己很少写信,但没收到信时总是抱怨。要是对这种逻辑加以评论,只会让她更恼火。

秋天来了。似乎一切都在否认这一点。白天依旧暖和,猛烈然而终点将至的日光倾泻而下。绿叶覆满树木,比以往任何时候都更加葱郁。树篱后面,割草机发出最后的轰鸣。阳台温暖的石砖上,一只落单的蚱蜢,一个通身墨绿和土黄的老兵,一瘸一拐地走着。他的一条腿被鸟儿们扯掉了。

一天早晨,格洛丽亚正在楼上,有什么东西突然攫住了她的视线。小客房的门开着,床头柜上有一封折起来的信。它静静躺在那儿,半边举在空中,像一只翅膀。房子里没有人。特鲁丝去买东西了,然后要去幼儿园接克里斯托弗。出于一种女学生式的好奇,格洛丽亚在床上坐了下来。她展开信封,拿出里面的信。第一眼看到的是中间靠上的一行字。她怔住了。一时间不知所措。她焦急不安地把信从头到尾读了一遍。她打开抽屉。还有其他信。她也都读了。像情书一样,来来回回就是那些话,但它们不是情书。他的工作可不仅仅是在办公室,这个人,远远不止。他走遍了欧洲,一个又一个城市,寻找住在旅店和廉价公寓里的年轻人——她被自己想象的画面吓坏了——他们剥光衣服,没入肮脏勾当的巨流。这些信就像是某个高中男生的手笔,最可怕的点就在这里。它们是招募信,文字很简单,连文盲都可以抄下来。

她坐在门口,手有点抖,不知道怎么办才好。她心烦意乱,害怕,觉得遭受了背叛。她向窗外瞥了一眼。她不知道是否应该马上去幼儿园——她几分钟就能赶到那儿——把克里斯托弗带到安全的地方。不,那样太蠢了。她急忙下楼去打电话。

"内德。"电话打通时她说——她的声音在颤抖。她正在看其中一封信,里面问了许多露骨的问题。

"怎么了?出什么事了吗?"

"快过来。我需要你。出事了。"

她手里拿着那些信,在那儿站了好一会儿。她急忙环顾四周,把它们放进一个存放花种的抽屉。她开始计算他从城里开车过来还要多久才能到。

她听见他们进屋了。她待在自己的卧室里。她已经恢复了镇静,但走进厨房的时候,她还能感觉到自己的心脏狂跳不止。特鲁丝在准备午餐。

"妈妈,看这个。"克里斯托弗说。他举着一张纸。"你能看出这是什么吗?"

"是的。很好看。"

"这是发动机,"他说,"这些是翅膀。这些是枪。"

她定了定神去看那些颜色鲜亮的潦草轮廓,但心里想的全是那个在操作台后面忙活的姑娘。特鲁丝把盘子端上桌时,格洛丽亚尽量平静地看着她的脸,她意识到自己以前从未见过这张脸。在上面她第一次认出了堕落。在特鲁丝的四肢上——它们的光洁,它们的丰硕——她看到了野蛮和罪恶。在外面,寻常的日光下,是这块地产边上的树木,一座房子的屋顶,草坪和一些散落的玩具。这是一片不祥的风景,它太诗意,太恬静了。

"别用手,克里斯托弗,"特鲁丝说着,在他身边坐下来,"用你的叉子。"

"够不着。"他说。

她把盘子朝他推了一两英寸。

"给你,现在试试。"她说。

后来,格洛丽亚看着他们在外面的草地上玩耍,不由得注意到她儿子的兴奋中有着狂野的、近乎野蛮的一面,仿佛某种粗野不知怎的成了他的一部分,弄脏了他。在她脑海里不断翻腾的许多句子中,有一句浮现出来。我希望下次见面的时候,你已经准备好了迎接我的大家伙。另外,你最近有别的大家伙吗?我想你,总是想到你,这让我很硬。"你读到过这样的东西吗?"格洛丽亚问。

"倒也没有。"

"这是最恶心的东西。我简直不敢相信。"

"确实,不过也不是她写的。"内德说。

"但她留着,那更恶心。"

他把它们全部拿在手上。要是你能来欧洲就好了,一封信说。我们去旅行,你能帮到我。我们可以一起工作。我知道你会做得很好的。我们要找的女孩在十三到十八岁之间。男的也要,年纪稍微大一点。

"你得进去,让她走,"格洛丽亚说,"告诉她,她得离开这座房子。"

他又看了看那些信。其中一些发育得很好,你会大吃一惊的。我想你知道我们要找什么样的。

"我不知道……也许这只是那种愚蠢的情书。"

"内德,我没在开玩笑。"她说。

当然,也会有很多性交。

"我要给联邦调查局打电话。"

"别,"他说,"没什么大不了的。给,拿着这些。我去跟她说。"

特鲁丝在厨房。跟她说话的时候,他试图在那双灰眼睛里寻找之前被他忽略的胆魄。但那里面只有困惑。她好像不明白他在说什么。她进去找格洛丽亚。她简直要哭了。"可是为什么呢?"她想知道。

格洛丽亚只说了一句"我发现那些信了"。

"什么信?"

它们摊在桌上。格洛丽亚把它们捡了起来。

"它们是我的,"特鲁丝抗议道,"它们属于我。"

"我给联邦调查局打过电话了。"格洛丽亚说。

"求你了,把它们给我。"

"我不会给你的。我要把它们烧了。"

"请让我留着吧。"特鲁丝坚持道。

她不知所措,抽泣起来。上楼的时候她从内德身边经过。他觉得他能看出信中赞美过的那些特质,"沙特来信",用他后来的叫法。

特鲁丝坐在她房间的床上。她不知道该怎么办,也不知道该去哪儿。她开始收拾衣物,希望能拖延得够久,这样或许会有转机出现。她的动作非常慢。

"你要去哪儿?"克里斯托弗在门口说。

她没有回答。他走进房间,又问了一遍。

"我要去看我妈妈。"她说。

"她在楼下。"

特鲁丝摇了摇头。

"是的,她就在楼下。"他坚持说。

"走开。现在别来烦我。"她有气无力地说。

他开始用脚踢门。过了一会儿他坐到沙发上。然后他就不见了。

出租车来接她时,他正躲在车道附近的树后面。最后的时刻她一直在找他。

"哦,你在这儿。"她说。她放下手提箱,跪下来说再见。他垂头站着。远远看去,就像是某种归降仪式。

"你看看。"格洛丽亚说。她在房子里,内德站在她身后。"他们就是喜欢荡妇。"她说。

出租车开走后,克里斯托弗还站在路边。那天晚上他来到母亲的房间。他在哭,她开了灯。

"这是怎么了?"她说。她想要安慰他。"别哭,宝贝。什么东西吓到你了吗?来,妈妈带你上楼。别担心,都会好起来的。"

"晚安,克里斯托弗。"内德说。

"说晚安,亲爱的。"

她上了楼,和他一起爬上了床,最后终于把他哄睡着了,但他总是踢来踢去,她又下楼了,路上紧了紧她的睡袍。内德给她留了张纸条:他的背又难受了,他已经回家了。

接替特鲁丝的是一位笃信宗教的哥伦比亚妇女,既不喝酒也不抽烟。然后是一个名叫玛蒂的黑人女孩,两样都沾,但干了很长时间。

一天晚上,躺在床上看《城市与乡村》[1]时,格洛丽亚突然发现了一件令她震惊的东西。那是一张布鲁塞尔

---

[1] *Town and Country*,赫斯特报业集团旗下女性时尚生活杂志,始创于1846年。

游园会的照片，只是很小的一张，但她认出了一张脸，这一点她非常确定。带着一种可怕的不祥之感，她把那一页往灯下凑了凑。她没有化妆，正处于最脆弱的时刻。她仔细端详这张照片。她跟内德已经不再联系，有一年多没见过了，但此刻她还是忍不住想要给他打个电话。然后，她看了看图片说明，又看了看图，觉得自己肯定是认错了。这不是特鲁丝，只是一个长得像她的人，再说这又有什么关系呢？这一切都像是很久以前的事了。克里斯托弗已经忘记她。他现在上学了，表现很不错，已经加入了足球队，和八九岁的孩子们一起踢球，比他们还高，也很聪明。他会长到六英尺三[1]的。会有女朋友整天围着他转，家里在巴哈马群岛有别墅的那种女孩。他会伤透她们的心。

然而，躺在那里，杂志放在膝盖上，她还是忍不住继续想。特鲁丝究竟怎么样了？她又看了看照片。她去没去成阿姆斯特丹或者巴黎，拍没拍色情电影之类的东西，有没有遇到什么人？一想到她被邀请去各种地方，

―――――――
[1] 约一米九。

整个人苗条了不少,坐在灯火璀璨、人头攒动的餐厅里,浓妆之下气色依然很差,道德败坏还不如一只苍蝇,格洛丽亚就难以忍受。想到这世上存在一种不劳而获的幸福,而有人总能找到那种幸福,她就想要呕吐。比如内德要娶的那个女孩,以前就在布里奇汉普顿附近高速路旁一家餐饮店打工。那是一次打击,何止一次打击。但反正一切,几乎一切,都没有任何道理可言了。

电影
THE CINEMA

# 1

十点三十分,她到了。他们一直在等。房间那头的门开了,她有些害羞,想看看一片昏暗里有没有人在,她长发披垂就像个女学生,迎着每个人的目光,慢慢地、几乎有些不情愿地走过去……身后跟着一个年轻女人,是她的助理。

伟大的面孔不可言喻。她的长鼻子,她的嘴,奇特的眼距。一张坦荡又难懂的脸。无端宣示着一种对生活的漠然。

被介绍给她时,男主演吉维笑了。他的牙齿很大,门牙之间有道缝,下巴上有颗痣。这些瑕疵在当时颇受推崇。他红得很突然,之前只演过四五个角色,初登银幕的那个镜头常被称为影史上最令人难忘的首次亮相之一。这是真的。有时一个形象比所有东西都持久,哪怕它背后的名字早已被忘却。他帮她扶椅落座。她对人们的介绍反应冷淡,几乎没怎么出声。

导演向前探了探身,开始讲话。他们将在这个空荡荡的大厅排演十天。他说话时安娜把脸掩在衣领里。这位导演她第一次见。他是个小个子,以勤奋著称,说话时唾沫横飞。还没人让她在开拍前排演过,费里尼没有,夏布洛尔[1]也没有。她尽力想听听他在说些什么。她强烈地感受到周围其他人的存在。吉维静静地坐着抽烟。她不露痕迹地瞥了他一眼。

他们一起坐在桌旁开始读剧本。别试图去寻找意义,艾尔斯告诉他们,别着急,现在只是第一步。那地方没有窗户,无所谓白天黑夜。他们的话似乎在上升,烟雾般消失在头顶。吉维读着他的台词,就像打出无关紧要的纸牌。桥牌是他的激情所在,所有的晚上都给了它。

---

[1] 克劳德·夏布洛尔(Claude Chabrol, 1930—2010),法国导演、编剧、制片人,1950年代新浪潮电影人。

台词对到一半,他在一场亲密戏里轻轻碰了碰她的肩膀。她仿佛没有注意到,就像一只蜥蜴,只有喉咙在鼓动。下一次他碰了碰她的头发,自然得好似无心,仅凭这样一个动作就让她安定下来,抚平了她的恐惧。

之后她溜走了,直接回了维尔酒店。她的房间堆满了东西。写字台上放着还包在牛皮纸里的书,各种语言的杂志,匆匆读过的信件。有一间房型不规则的小前厅,后面是一间卧室。床很大。犹如一组连续镜头,加重我们的隐忧,摄像机小心移动,从一处细节扫到另一处,浴室门半开着,依次露出一大堆瓶子,深色的香水、药、不知是什么的东西。下面的西斯汀大街远远传来车流的声音。

第二天她好些了,像个准备开工的女人了。她边读剧本边用手把头发往后捋。她专心致志,有一次甚至笑出了声。

有人从院子另一边给他们送来了盛在小杯里的咖啡。

"你听着怎么样?"她问编剧。

"这个嘛……"他迟疑了。

他是个优柔寡断的男人,名叫彼得·朗,以前叫朗斯纳。在她整个备受尊崇的演艺生涯中,他都见过她,一个璀璨夺目的人物;他也读过那篇文章,《时尚芭莎》刊登的一封写给她的情书,描述了她无可指摘的谦逊,她的天分,她的脸型。文章旁边那一页上的照片被他剪了下来,夹在日记本里。他写的这部电影,这部最新艺术风格的重要作品,早已完整存在于他的脑海。它的力量来自它的质朴,来自它克制的意象。这是一部不那么直接的电影,表面看来风平浪静,日常生活的那种平静。当然了,那并不意味着死水无波。在可见的事物之下隐匿着情感,并因这种隐匿而愈发强烈。恐惧只是偶尔出现,就像冰山的尖顶,不祥地从不知何处冒出来,又没入视野之下。

当她转向他时,他完全不知所措,想不出应该说点什么。但这不要紧。吉维给出了他的回答。

"我觉得有些台词我们心里还是没底,"他说,"你知道,你写的那些东西很难。"

"噢,好吧……"

"几乎不可能实现。别误会,它们挺好的,只是得念得好才行。"

她已经转过身去了,正在和导演说话。

"莎士比亚有很多这样的台词。"吉维继续说道。他开始引用《奥赛罗》。

现在轮到艾尔斯了,是时候亮出他的想法了。他突然插了进来。说戏时他就像一个疯狂的教师,有点像弗洛伊德,又有点像情感专栏作家,勾勒内在的线索与河流般深邃的动机。剧组的工作人员溜进来,站到门边。吉维在他的剧本里草草记着什么。

"对,笔记,记笔记,"艾尔斯对他说,"我说的这些可都是精华。"

一场表演是分层建构起来的,就像一幅画,这就是他的方法,先是这样,再加上这个,然后是那个,等等。它逐渐扩展,丰富,发展出深度和潜流。最后,再把它缩减到原来的一半。这就是他所谓的好表演。

他向朗透露:"我从不把什么都告诉他们。给你举个例子,就是诊所那场戏。我告诉吉维他要崩溃了,他觉得他得尖叫,真的尖叫。得把毛巾塞进嘴里才能忍住。然后,就在拍摄之前,我告诉他,演吧,但不要用毛巾。你明白了吧?"

他的活力开始感染演员们。他们感到一阵兴奋，几近狂热。他让他们激动不已，那正是他们的世界，他先是描述，而后拆解，揭示出复杂精细的诸多妙处。

如果他是天才，那他一定能摘得桂冠，因为他的作品体量是如此庞大，就像巴尔扎克。他也一样，填满一页又一页稿纸，无穷无尽，充斥着崇高与平凡、不可思议的角色、洞见、人性的弱点，以及垃圾。如果我每年拍两部电影，拍上三十年，他说……这个项目是他的生命。

六点钟，几辆豪华加长轿车已经在外等候。天空残余着白昼的光，空气里弥漫着秋天的寒意。他们还站在门口附近交谈。他们不情愿地分别。他收服了他们，他是他们的导师。他们挥挥手，各自坐车离开了。留下朗独自站在暮色中。

他们会在一起吃晚餐。吉维和安娜坐在他身旁。这是第四天。她把头靠在他肩上。他在大谈女人的愚蠢。她们没有真正的智慧，他说，这种想法在西方社会由来已久。

"那我要让你惊讶了，"艾尔斯说，"你知道我是怎么想的吗？我觉得她们不是和男人一样智慧。她们要更智慧。"

安娜极其轻微地摇了摇头。

"她们没有逻辑，"吉维说，"她们不讲这个。一个女人的全部精华都在这里。"他往下指了指肚子附近。"子宫，"他说，"而不是别的地方。从来没有伟大的女桥牌手，你发现了吗？"

她似乎已经听从了他全部的想法。她默默地用餐，几乎不碰甜点。她满足于做他爱慕的那种女人。她清楚自己的力量，他每晚都在膜拜它，思绪在别处游走。他对她已经没那么在意了。他表演这些动作，就像在打一局必输的牌，而他已经尽了最大的努力。一团白色从他身上跃起。她发出呻吟。

"事实上我是个浪漫主义者，一个古典主义者，"他说，"没有真正爱过，顶多算是谈了两次吧。"

她的目光垂下来，他在她耳边说了些什么。

"但从没动真格，"他说，"也不深刻。不，我希望能那样。我已经准备好了。"

在餐桌下面，她的手也发现了。侍者们正在掸拭面包屑。

朗住在英格兰酒店[1]侧翼的一个小房间。傍晚过后很久,他还在想这件事。他心烦意乱地洗内衣。这座被百叶窗遮蔽起来的城市某处,秋色中河水黑沉,他知道他们在一起,对此他并不怨恨。他像个穷学生一样躺在床上——自始至终,生活几乎没有什么变化——怀抱梦想睡着了。窗户开着。冷空气涌向他,如同大海淹没失明的水手,浸透他,充满整个房间。他两脚搭在一起躺在那里,像一个殉道者,面朝上帝。

艾尔斯住在广场大酒店的套房,门扇高耸,地板吱嘎作响。他能听见女仆从走廊经过。他感冒了,睡不着觉。他打电话给在美国的妻子,那边正好是晚上,他们聊了很久。他很沮丧:吉维根本算不上演员。

"他怎么了?"

"哦,他什么都没有,没有深度,没有情感。"

"你不能换人吗?"

"来不及了。"

他们必须解决这个问题,他说。他把电话搁在枕头

---

[1] Hotel d'Inghilterra,位于罗马市中心西班牙广场的豪华酒店,毗邻西班牙阶梯和孔多蒂购物街。

上，眼睛在房间里漫无目的地漂移。他们得想办法调整这个角色，让虚假成为其中的一部分。安娜很好。他对安娜很满意。嗯，他们得做点什么，给它注入生命，让死鸟飞起来。

这周末的时候，他们已经在站着排演了。天气很冷。从一个地方挪到另一个地方时他们都穿着大衣。安娜站在吉维身边。她从他的指间取下香烟来抽。有时他们会笑起来。

艾尔斯完全沉浸在工作中。头发垂到脸上，解说着动作和细节。不指望他们能理解，他会安排好一切。他常把一句台词绑定在一个动作上，也就是说，台词是配合动作来的：吉维碰碰安娜的胳膊肘，她看也不看就说"走开"。

朗坐在一旁看。有时他们离他非常近，就在他跟前。他无法真的集中注意力。她在说他的台词，他创造的东西。就像一双鞋子。她穿上试了，很好看，但她不会想鞋子是谁做的。

"安娜的戏路很窄。"吉维试探着说道。

朗说是的。他想多了解一些表演，这个神秘的世界。

"可你看看这张脸。"吉维说。

"那双眼睛!"

"有点儿傻,不是吗?"吉维说。

她能看到他们在说话。后来她派人去找朗。他跟吉维说了什么,她也想知道。朗远远望向她。她没有理会。

他被搞糊涂了,不知道该不该当真。无事可做的配角们坐在两张旧沙发上。地板上有层白白的粉尘,沾了他们一鞋。艾尔斯紧跟着每个场景走,点头表示赞许,是的,是的,好,很好。女场记员跟在他身后,脖子上挂着秒表。她四十五岁,晚上总是腿疼。她一路跟着,记下所有东西,小心翼翼地绕开那些只钉进一半的钉子。

"亲爱的,"艾尔斯转向她,已经忘了她叫什么,"多长时间了?"

他们花的时间总是太多。他只得催促他们,逼他们提高效率。

最后,和在学校里一样,还有期末测试。从手势到他设计的起伏语调,看上去他们都完美地完成了。他计着时,仿佛他们是在赛跑。两小时二十分钟。

"很棒。"他告诉他们。

那天晚上，朗在制作人办的派对上喝醉了。那是一家小餐厅。门厅里摆满食物，气味浓郁，厨师们从料理台后点头致意。有五十个人挤在一起说着不同的语言，也可能有一百人。在他们中间，安娜像女王一样光彩照人。她戴着一只新手镯，刚从宝格丽买来的，她淡定地提出打折要求时，店员简直不知该说什么好。她穿着微微露胸的修身金色套装。她那张不寻常的、扁平的脸毫无表情地在人群中浮现，有时又带着一抹浅浅的、飘忽不定的微笑。

朗觉得沮丧。他不懂他们这些天都在干什么，浮夸让他失望，他不相信艾尔斯，不相信他的精力，他的洞察，他不相信这一切。他想让自己镇定下来。他看见他们在最大的那张餐桌旁，制片人紧挨着安娜。他们在聊天，她的兴致怎么那么好？倒是有人说过，只要灯光一亮，他们就会活跃起来。

他看着吉维。他能看见安娜朝他探过身去，她的长发，她的喉咙。

"拍成彩色的太蠢了。"朗对坐在他身边的男人说。

"什么？"他是一家电影公司的高管。他的脸像一条鱼，一条变质的鲈鱼。"不拍成彩色的，什么意思？"

"黑白的。"朗告诉他。

"你在说什么？黑白片卖不出去。生活是彩色的。"

"生活？"

"颜色是真实的。"那人说。他是从纽约来的。有史以来最伟大的十部电影，二十部电影，全都是彩色片，他说。

"那么……"朗定了定神，胳膊肘滑了一下，"《偷自行车的人》呢？"

"我说的是现代电影。"

## 2

今天是个晴天。他写着简短惆怅的句子。昨天下了雨，直到傍晚天都是阴的，前天也一样。英格兰酒店的走廊有像修道院一样的拱顶，房门深深嵌进墙壁。但他仍然觉得这里是舒适的。早晨他把衬衫交给女服务员，第二天就送回来了。她是晚上回家干的。他见过她弯腰从柜子里取床单。长筒袜的顶端露出了——这太布努埃尔[1]了——一条神秘苍白的腿。

公关部的姑娘打电话来。他们需要他的个人简介。

"什么简介?"

"我们会派车来接你。"她说。

没有车来。第二天他打车去了,在她的办公室里等了三十分钟,她去见制片人了。最后她回来了,是个瘦弱的姑娘,连衣裙的腋下濡湿了。

"是你给我打电话的?"朗说。

她不知道他是谁。

"你还说要派车来接我。"

"朗先生,"她突然叫道,"噢,太抱歉了。"

桌上摆满了照片,椅子上堆着报纸和杂志。她是一名助理,在《埃及艳后》《圣经》和《最长的一天》剧组待过。从美国电影上可以赚到钱。

"他们给我安排的这个房间太小了。"她道歉说。

她叫伊娃。她还跟父母住在一起。吃饭的时候全家人都不说话,四个人周围弥漫着中产阶级的郁郁寡欢,

---

[1] Luis Buñuel(1900—1983),西班牙电影导演、编剧、制片人,二十世纪最伟大的电影大师之一,超现实主义电影之父。

收音机坏掉了,地板上铺着薄薄的小地毯。父亲吃完后会清清嗓子。上一次的肉更好,他说。上一次?她母亲问。

"是的,好多了。"他说。

"上一次都尝不出味道。"

"啊,好吧,那就是上上次。"他说。

他们又陷入了沉默。只有叉子发出声响,间或还有玻璃杯。她哥哥突然从桌旁起身,离开房间。没有人抬头看。

他疯了,这个哥哥,也许不是真的疯,但也足以让他们垂泪了。他会一连好几天把自己反锁在房间里。他是个作家。只有一个问题:所有值得书写的东西都已经被人写过了。有段时间他如饥似渴地读书,一天三四本,之后还能大量引述其中的内容,但那阵狂热已经过去了。现在他只会躺在床上,盯着天花板。

伊娃有点神经质,人们说。的确,她是有点神经质。她三十岁了。有着一头乌黑的头发,小小的牙齿,以及一种她早已无所期待的生活。她告诉朗说没查到他的简介。他们得给每个人都准备一份。最后她提议他自己来写。好的，没问题，他想也是这样。

她最亲密的朋友——跟所有意大利人一样，她非常在意朋友和敌人——她最得用的朋友是个歇斯底里的女人，名叫米雷拉·里奇，她有一套大公寓，对贵族的憧憬，也有独居女人的恐惧和疾病。米雷拉的朋友都是同性恋和分居的女人。她和她们一起吃晚饭，每天还要打好几次电话。她的鼻孔很大，皮肤苍白如纸，但还是能看到上面的白斑。医生说那是一种血液循环系统的慢性病。

和伊娃一样，她也在这个剧组干活。她们议论每一个人。艾尔斯：他了解演员，米雷拉说。不管把什么人带过来，他都能从中选出最好的，好吧，有一两次他也看走了眼。她们正在奥泰罗餐厅吃饭，店里有乌龟在地板上爬。剧本挺有意思，米雷拉说，但她不喜欢那个剧作家，他很冷漠。而且他是个基佬[1]，她认得出来。至于制片人……她发出厌恶的声音。他的头发是染的，她说。看上去三十九岁，实际上已经五十了。他勾引过她。

"什么时候的事？"伊娃说。

---

[1] 原文为意大利语。

她们知道所有事情。就像内心的柔情已经死掉的护士。是她们在管理这间病房。她们知道每个人赚了多少钱，谁不值得信任。

制片人：首先，他阳痿，米雷拉说。不阳痿的时候又没性趣，其余时候他不知道该怎么做，做了又总是不能让人满足。最要紧的是，他是那种从来不交女朋友的男人。

她的鼻孔里一片漆黑。她希望侍应生能把她当个人物。

"你哥哥怎么样？"她说。

"哦，老样子。"

"还是没工作？"

"在唱片店打工，但待不了太久。他们会解雇他的。"

"男人都怎么了？"她说。

"我快累死了。"伊娃叹了口气。熬夜使她面色憔悴。她不得不帮制片人打信，因为他有个秘书生病了。

"他也想和我做。"她承认。

"跟我说说。"米雷拉说。

"在他的酒店……"

米雷拉等着她说下去。

"我去给他送信。他坚持要我留下来聊聊。他想劝我喝一杯。最后他想吻我。他跪在地上——我缩在长沙发上——说'伊娃,你闻起来真香'。我尽力装作那都是在开玩笑。"

她们享受着正派的乐趣。她们开着小小的菲亚特汽车兜风。她们留意自己的衣着。

电影进展顺利,比计划中还提早了一天。艾尔斯无比自信地工作。他穿着网球鞋在那台巨大的黑色米切尔[1]周围晃来晃去,从来不吃午饭。据说工作样片[2]精彩绝伦。吉维还没去看。安娜问朗觉得拍的怎么样?他试图做出一个判断。她在那些镜头里很美,他对她说——这是真的——她脸上有种特质照亮了整部电影……但他从来没机会把话说完。像往常一样,她失去了兴趣。她转头去问了别人,那个摄影师。

"你看了吗?"她说。

---

[1] 好莱坞黄金时代最受欢迎和使用最广泛的多款电影胶片摄影机,由米切尔摄影公司(Mitchell Camera)设计并生产。
[2] 从原底片洗印出来的画面正片拷贝,用于检查技术质量和艺术效果,剪辑影片。工作样片在剪辑处理前也称画面素材。

艾尔斯穿着一件旧毛衫,头发搭在脸上。一年两部电影,他重复道……这是他全部信仰的基石。爱森斯坦[1]总共只拍过六部,但他不是在美国的体制下工作。总之,艾尔斯一停下来就会失去自信。

撇开这些弱点不谈,他总算完成了一项壮举,那就是掩盖这部电影已经毁了的事实:吉维确实不尽如人意,他工作时完全不思考,就像是在吃一顿饭。艾尔斯了解演员。

再见了,吉维。这是他的死亡宣判。他已经开始成为过去。他挥笔签名,露出门牙间那道缝儿。把记者们都迷住了。他是个完美的受害者,丝毫没有起疑。人生中的辉煌令他浑然不觉。他坐在最好的就餐位置,面前摆着一瓶上等的波尔多葡萄酒。他模仿着艾尔斯的蠢样取乐。

"吉维,宝贝儿,"他学着说,"问题在于你是俄罗斯人,你们喜怒无常,性情暴烈。他在教我什么是俄罗斯人。接下来他就会开始讲解共产主义国家的生活。"

---

[1] 谢尔盖·爱森斯坦(Sergei M. Eisenstein, 1898—1948),俄罗斯电影艺术大师、导演、编剧、演员、剪辑师。

安娜小口小口地慢慢吃着。

"你知道吗?"她平静地说。

他等着听她说下去。

"我从没有这么开心过。"

"真的吗?"

"这辈子都没有。"她说。

他笑了。他的笑容是部歌剧。

"和你在一起时,我就是大家以为的那个女人。"她说。

他久久地凝视着她。他的眼睛是深色的,瞳孔隐没其间。白日里的恋爱场景,他疲倦地想,夜晚的恋爱场景。整个房间里的人都在打量他们。他们起身离开时,侍应生拥堵在门口。

不出三年,他的事业就会终结。他会在闪烁的电视屏幕上看到自己,就像做了个奇怪的梦。他投资了公寓楼,在西班牙置了地。他会变得像个女人,多疑善妒,心胸狭窄,或许有一天,他还会看到艾尔斯和一个年轻的男演员坐在餐馆里,用狂热分子的劲头解说一些平平无奇的想法。吉维三十七岁了。他在银幕上有过永远不会被忘却的一刻。他的彩色海报会从建筑物的侧面剥落,一座比一座偏远，肖像渐渐褪色，名字也过时了。他会微笑着穿过巷隅，没入酸楚的黑暗。远处的狗在叫。街上散发着贫穷的味道。

## 3

安娜的生日宴在郊外一家餐厅举行，法鲁克一世[1]就是在这家餐厅的桌旁仰头摔倒死去的。不是所有人都收到了邀请函。这是预先安排好的一个惊喜。

她是和吉维一起到的。她不是一个女人，而是一个小小的神祇，某种美丽的动物，对自身的优雅浑然不觉。那是二月，夜晚很冷，司机们在车内等候。后来，他们安静地齐聚衣帽间。

"宝贝，"艾尔斯对她说，"你会非常非常满意的。"

"真的吗？"

他搂住她，没有作答，只是点了点头。就快要杀青了。他说，他从未见过这么好的样片。从来没有。

---

[1] Farouk I（1920—1965），埃及和苏丹国王（1936年至1952年在任）。

"至于这个家伙……"他说着,朝吉维伸出手去。

制片人加入了他们。

"我想让你们拍我的下一部电影,你们俩。"他宣布。他穿着一套小一码的天鹅绒套装,是从波尔哥尼奥纳大街[1]买来的。

"你从哪儿弄来的?"吉维说,"真不错啊。谁才是今晚的明星?"

波瑟内低头看着自己,笑得像个歉疚的男孩。

"你喜欢吗?"他说,"真的吗?"

"别管了,你从哪儿搞来的?"

"我明天给你寄一套。"

"不用不用……"

"吉维,拜托了,"他恳求道,"我想送给你。"

他满怀善意,最糟糕的已经过去了。演员们既没有逃跑,也没有拒绝开工,他太爱他们了,就像有个坏孩子做了件意料之外的好事。他觉得必须做些什么作为回报。

---

[1] 罗马西班牙广场一带的孔多蒂大道、法拉蒂娜街和波尔哥尼奥纳大街(Via Borgognona)被称为罗马的黄金购物区。

"侍应生!"他喊道,环顾四周。他的手势似乎总是白费,消散在空中。

"侍应生,"他叫道,"香槟!"

房间里有二十来个人,其他演员,某个伯爵的美国妻子。吉维在餐桌上讲起了故事。他喝起酒来就像个格鲁吉亚王子,他打算去日内瓦和格施塔德[1]。有个意大利制片人,他说,签了一个女演员,被认为是索菲亚·罗兰第二。他靠她发了大财。她的电影只在意大利上映,但所有人都去看,钱滚滚而来。但他总是把记者拒之门外,从不让他们单独和她谈话。

"塞莱里奥。"有人猜道。

"对,"吉维说,"就是他。你知道后来怎么样了吗?"

"他把她卖了。"

但只卖掉一半,吉维说。她的知名度在下滑,他想把能捞的都捞走。他们搞了个盛大的仪式,请了所有的媒体。她正要签字。她拿起笔,向前探了探身,好让摄影师拍照。你知道,她有那么大一双,呃……好吧,不

---

[1] Gstaad,瑞士阿尔卑斯山脉中的小镇,也是欧洲各国皇室及电影明星青睐的高级疗养地和滑雪天堂。

说了，她在纸上写下——吉维用手指画了个大大的X。记者们面面相觑。然后塞莱里奥拿起那支笔，郑重其事地，就在她的名字下面——吉维画了个X，又一笔一画地在旁边再画了一个。不识字。这就是真相。他们问他，第二个X代表什么？你知道他是怎么跟他们说的吗？Dottore[1]。

他们都笑了。他接着讲，有次在那不勒斯拍戏，制片人非常小气，把电缆接到电车的架空线上偷电。他很聪明，吉维，他是一个东方传统中的讲故事的人，他会说三种语言。后来，等到安娜终于明白发生了什么时，她想起这天晚上他看上去有多么高兴。

"我们去赫斯塔里亚[2]吧？"制片人说。

"什么？"吉维问。

"赫斯塔里亚……"和在侍应生那里一样，好像没人听到他的话。"蓝酒吧[3]。来吧，我们去蓝酒吧。"他宣布。

---

[1] Dottore，意大利语，意为"博士"。
[2] Hostaria，位于罗马市中心的餐厅。
[3] Blue Bar，罗马帝国皇宫酒店的餐厅兼酒吧。

植物园外，寒冷的空气里停着一辆车，小小的车窗上结了层霜，里面坐着朗。他的衣服敞着。皮肤在折射的光线下显得很苍白。他和伊娃吃了晚餐。她连说了几个小时，语调低沉、迟疑，这是个讲故事的夜晚，她把一切都告诉了他，公关部主管科尔曼，米雷拉，她的哥哥，西西里，人生。下午五点，通往巴勒莫[1]城郊山顶的公路上停着汽车。每辆车里都有一对男女，男人膝上摊着一块手帕。

"我好孤独。"她突然说。

她只有三个朋友，她们常常见面。一起去剧院，看芭蕾舞。有一个是演员。还有一个结婚了。她沉默了，好像在等待什么。寒气无处不在，覆盖了车窗玻璃。她的呼吸凝成了冰晶，在黑暗中清晰可见。

"我能吻它吗？"她说。

她开始呻吟，仿佛那是一件圣物。她用额头触碰它。喃喃私语。后颈裸露在空气中。

第二天早上她打来电话。八点钟。

---

[1] Palermo，意大利西西里自治区首府。

"我想给你读点东西。"她说。

他还没睡醒,喧闹声已经从街上飘来。房间里很冷,没有光亮。像是放了一张旧唱片,她的声音远远地传来。进入他的身体,控制他的血流。

"我看到了这个,"她说,"你在听吗?"

"在。"

"我想你会喜欢的。"

从一篇文章里看到的。她开始读。

1868年2月的米兰,翁贝托王子举办了一场盛大的舞会。在灯火通明的房间,年轻的新娘初次登场,有一天她会成为意大利王后。这是一年中最重要的事件,上流人士欢聚一堂,尽情享乐,而就在同一时刻,同一个城市,一位孤独的天文学家发现了一颗新行星,沙科纳克列表上的第九十七颗[1]……

一片静默。一颗新行星。

他的头脑仍陷在温暖的枕头里,但一种神圣的平静

---

[1] 小行星97号,"纺神星"(Klotho),1868年2月17日由天文学家恩斯特·坦普尔(Ernst Tempel)在马赛天文台发现,以命运三女神之一、掌管未来和生命之线的"纺神"克洛托命名。

似乎已经降临其间。他像圣徒一样躺着。全身赤裸,脚踝,髋骨,喉咙。

他听到她在叫他的名字。他什么也没说。他躺在那里,开始缩小,越来越小,渐渐消失。整个房间变成了一扇窗,一个外立面,一片楼群,广场和街区,最后是整个罗马。他的狂喜不可言传。大教堂的屋顶在冬天的空气里闪闪发光。

# 失落之子
LOST SONS

整个下午，不断有汽车沿着公路驶来，许多挂着外州牌照。一长列高耸的砖砌营房出现在视野上方。第一眼看到的是灰色的外墙。

接待厅正在举行欢迎会。有些人的脸几乎没有变化，也有像利茨玛那样的，姓名牌被人读了不止一遍。一个身穿学员灰袍的人扛着照相机和闪光灯跑来跑去。另一侧的营房里，他们正在喝酒。门都开着。声音溢了出来。

"鹰钩鼻会来的。"邓宁大声保证。他脚边的桌上有一瓶酒。"他会来的，放心吧。我收到他的信了。"

"信？克林贝尔从不写信。"

"他的秘书写的。"邓宁说。他看上去像个法官，块头大，过得也滋润。一副眼镜为他增添了几分文雅。"他教她写的。"

"他现在住哪儿？"

"佛罗里达。"

"还记得我们半夜两点溜回巴克纳那次吗，路上突然有辆车开过来？"

邓宁努力摆出一副正经的表情。

"我们藏进灌木丛。原来是辆出租车，它猛地刹住，倒了一小段。接着门开了，后座上是克林贝尔，喝得烂醉如泥。上车，弟兄们，他说。"

邓宁放声大笑。别着几排彩色勋表的军服上衣敞着怀，从大腿的宽度能看出臀肌的力量。

"还记得那次吗？"他说，"我们把德弗罗记满笔记的西班牙语课本扔到了窗外，扔进了雪地。他一直没找到，简直要疯了。你们这群混蛋，我要杀了你们！"

"要不是和你们住一起，他早就是个明星了。"

"我们想让他开朗点。"邓宁解释说。

他们过去常常在德弗罗学习时上演"俾斯麦"号的

沉没。克林贝尔是船长。他们会跳到书桌上。船漏了！[1]他们喊道。他们枪炮齐发。船舵卡住了，他们在原地打转。德弗罗低头坐在那里，双手捂着耳朵。你们这群混蛋，给我闭嘴！他尖叫道。

布什、布福德、雅普·安德鲁斯、多恩和乔治·希尔莫坐在床上和窗台上。门口出现了一张犹疑的脸，正朝里张望。

"那是谁？"

是多年来没人见过的利茨玛。头发已经灰白了。他尴尬地笑了笑。"都在干吗呢？"

他们看着他。

"进来喝一杯。"最后有人说。

他发现自己站到了希尔莫旁边，希尔莫伸手过来跟他握了握，力道很重。"怎么样？"他说。其他人继续聊着。"你看起来很不错。"

"你也是。"

希尔莫好像没听见。"你现在住哪儿？"他说。

---

[1] 原文为德语。

"罗斯蒙特。新泽西的罗斯蒙特。我太太的老家。"利茨玛说。语气中有一种怪异的紧张。他一向古怪。所有人都纳闷他是怎么熬过来的。他在课业上表现尚可,但给人的印象始终是个被紧密队形操练弄得晕头转向的人,足足花了两年时间才掌握,但依然僵硬得像只被丢进水里的猫。他嘴唇很厚,这是一个不太讨喜的绰号的来源。另一个叫"向后转走",因为听到这个指令时他总会做错。

有人递给他一个用过的纸杯。"这是谁的?"他问。

"不知道,"希尔莫说,"拿着吧。"

"有很多人会来吗?"

"哥们儿,你的问题太多了。"希尔莫说。

利茨玛陷入了沉默。整整半个小时他们都在叙旧。他坐在窗边,不时低头往杯子里看看。外面,时钟上的黑色数字亮了。西点军校巍然矗立在傍晚时分,庄严的枝叶纹丝不动。在那下面,河水无声流淌,几座神秘的小岛漂浮在暮色中。图书馆的拐角处,一名军警精准地挥臂,指挥车辆从 1960 届校友聚会的标志旁通过,越南曾落在这届学生身上,就像将星落在 1915 和 1931 届[1]。更远处传来微弱的火车声。

快到晚餐时间了。下面依旧不时传来大声打招呼的声音,交谈,各种人声。鞋履悠闲地步下楼梯。

"嘿,"有人突然问了句,"你戴的是什么鬼东西?"

利茨玛低头看了看。一条红色的印花领带。他妻子做的,出门之前刚刚换上。

"哎,你好啊。"

一个满头银发的人独自安详地走过来,他的袖标上写着 1930 届。

"你是哪一届的?"

"1960 届。"利茨玛说。

"我刚才边走边想,不知道大家后来都怎么样了。说起来难以置信,但我在这里上学的时候,有些人只待了几个星期,没跟任何人打招呼就收拾行李回家了。听说

---

[1] 在美国军队中,将军肩章饰有五角银星,准将至五星上将依次为一至五枚。西点军校 1915 年的 164 名毕业生中,共有 59 名取得了将军军衔,这在西点军校的历史上是前所未有的,故被称作"将星落下的一届"(The class the stars fell on)。

过这样的事吗?你说你是1960届?"

"是的,先生。"

"听说过弗兰克·基斯纳吧?我是他的参谋长。他可是个硬汉。在意大利的时候是团指挥官。一天,马克·克拉克[1]开车过来说,弗兰克,过来一下,我们谈谈。没时间,我很忙,弗兰克说。"

"真的吗?"

"马克·克拉克说,弗兰克,我想提拔你做准将。那我有时间,弗兰克说。"

食堂耸现在他们面前,门扇大敞,校友晚宴就在这里举行。这座建筑向来恢宏。如今看去更像是扩大了一倍,目力所及全是白色的桌布。吧台挤满了人,排着长龙,每一列都有十五二十个人在耐心等候。很多女人都穿着晚礼服。在这一切之上,是交谈的朦胧回声。

有些人一看就是成功人士,比如希尔莫,灰色的夏季套装闪着金属光泽,每个人都乐于与之攀谈,尽管他

---

[1] Mark Wayne Clark(1896—1984),美国陆军军官,曾在二十世纪两次世界大战和朝鲜战争中服役,他是"二战"期间美国陆军最年轻的四星上将。

说不了几句就会唐突地沉默下来。还有一些经久不衰的英雄人物,那些军官学员,如今又再度活跃起来。早年的境况并不总是一成不变。在那些身居高位的校友当中,有些人在学生时代是相对平凡的。利茨玛这些年跟所有人断了音讯,对此多少有些吃惊。对他来说,当年那个等级秩序从未变过。

一张红得骇人的脸突然出现。原来是克莱姆纳,当年住在走廊的另一头。

"嘿,艾迪,最近怎么样?"

他手里拿着两杯酒。克莱姆纳说他一年前刚退休,之前在雷丁一家律所工作。

"你是律师吗?"

"我负责行政工作,"克莱姆纳说,"你结婚了吗?太太来了吗?"

"没有。"

"怎么没来?"

"她来不了。"利茨玛说。

妻子是他三十岁时遇见的。她也问过,她上这儿来干吗?某种程度上他挺高兴她没有来。她谁也不认识,而且只要有机会，她就爱把话头转到宗教上。那这里就会出现两个怪人，而不是他一个。当然，他并不是真的认为自己古怪，只是在他们眼里是这样罢了。可能也不至于。这里还是有人跟他打招呼，说说话的。尤其是那些对成见一无所知的女性，表现得相当友好。他发现自己正在和一位活泼的女士交谈，他同班同学R. C. 沃克的妻子，他依稀记得他是个瘦削的男人，总是面带一丝冷笑。

"你说你是做什么的？"她惊讶地说，"画家吗？你是说艺术家？"她有一头自然卷曲的浓密金发，面颊柔和，略微有点双下巴。"太棒了！"她朝一个朋友喊道："妮塔，过来见个人。艾德，对吧？"

"艾德·利茨玛。"

"他是个画家。"基特·沃克兴高采烈地说。

利茨玛被这种关注弄懵了。得知他真的卖掉了一些作品，她们更有兴趣了。

"你的主业就是做这个吗？"

"嗯，很多画已经订出去了。"

"真的呀！"

他开始描述颜色和光线——他是画风景的,特拉华河附近的乡村——大地的形状,犁沟,树篱,事物年复一年的细微变化,一些小东西,天空有多难画。他描述一只蜂鸟身上那美丽的、微微闪光的绿。是妻子在车库发现的,然后带给了他,当然,它已经死了。

"死了?"妮塔说。

"眼睛闭着。除此之外,根本看不出来。"

他露出一个近乎伤感的微笑。妮塔小心地点了点头。

接下来是舞会。利茨玛是想继续聊天的,但人们慢慢散去了。晚饭后,人们从餐桌上散开,三五成群地待着。

"回见。"基特·沃克说。

他看见她和希尔莫说话,希尔莫朝他挥了挥手。他四处转了一会儿。《军装蓝》[1]响了起来。感伤的情绪席卷了他,唤起了对检阅游行、舞会散场和圣诞假期的回忆。四年里,高年级的毕业生带着骄傲和兴奋离开,陌生的

---

[1] "Army Blue",西点军校毕业典礼传统曲目,通常在毕业生最后一次以学员身份列队游行接受检阅,以及舞会的最后一支舞时演奏或播放。曲中反复吟唱"我们将脱下学员灰,穿上军装蓝"。

新面孔又将它填满。它已经结束了,但没有人会完全抛诸脑后。他当初也有可能过的那种生活又回到他面前,几乎原封未动。

深夜,营房外面,五六个人坐在台阶上边喝边聊。利茨玛坐在他们旁边,一言不发,不想打破这个魔咒。他又成了他们中的一员,就像在那些疯狂的夜晚,他们把步枪清理得干干净净,把鞋子擦得锃亮可鉴。多年前无穷无尽的任务于他已是天高地远,此刻,这片天地便笼罩在六月的薄雾中。他曾经那么深地沉浸在任务之中。他曾经那么热烈地笃信军人的形象。那时他把它视为一种信仰,一声不吭地坚守着它,就像一个瘸腿的人坚信着上帝。

早晨,希尔莫小步跑下楼梯,结实的大腿紧裹在网球短裤里,消失在一座门洞中,打早场比赛去了。那副漫不经心的样子一点没变。据说打宾州州立大学那场比赛时他是正选选手,赛前教练给他们加油,说他们不仅要打败宾州州立大学,还会两次达阵击溃他们,然后教练转向希尔莫:"那么,谁会成为东部最了不起的跑卫?"

"不知道。谁啊?"希尔莫说。

空旷的早晨。像往常一样,除了运动没什么事可做。十点钟过后不久,他们列队行进到大平原[1]一角参加纪念仪式。他们在西尔瓦努斯·塞耶[2]的雕像前面立正,有颗戴着牛仔帽的头突兀地耸起,合唱团在唱《军团》[3]。激动人心的声音,庄严、错落的声部在上空回荡。利茨玛身后有人低声说:"知道吗?不管过去还是以后,我最好的朋友都是在这里交到的。"

之后他们走出去,在阅兵场就座。督学是位身材匀称的陆军中将,和他的教职员工站在不远处,还有最年长的一位在世毕业生,坐在轮椅上。

"看看他,"邓宁说,他指的是督学,"这就是这个地方的问题所在,这就是整个军队的问题所在。"

军乐模糊的声浪朝他们袭来。天气很暖和。草丛里有蜜蜂。第一组学员的小型方队进入视野,刺刀闪烁。

---

[1] The Plain,西点军校的阅兵场。
[2] Sylvanus Thayer(1785—1872),陆军上校,被称为"西点之父",他是美国西点军校的早期负责人,也是美国工程教育的早期倡导者。
[3] "The Corps",西点军校的一首重要歌曲,通常在校友聚会、毕业典礼、纪念仪式和葬礼上由校合唱团演唱。

失落之子

在高处，天空映衬之下，矗立着一座恢宏的建筑，一座复制品。礼拜堂[1]。许多个星期天，他们在这里聆听关于男子美德的布道，光彩夺目的合唱团迈着一步一顿的优雅步子，齐齐走向大门，领队们衣袖上的金色条纹闪闪发光。再往下，半隐半现的是体育馆，里面的所有东西，地板、墙壁、沉重的拳击手套，都覆着一层不祥的深色光泽。那里供奉着永远不会被驱逐的战士，永远不会被抹除的格言。

野餐会上宣布，当初的五百五十名学员中，有五百二十九人健在，其中一百七十六人此刻就在现场。

"没算上克林贝尔！"

"好吧，一百七十六再加上一个可能的克林贝尔。"

"一个不可能的[2]克林贝尔。"有人喊道。

一阵短暂的欢呼。

餐桌安置在湖边一个巨大的活动篷房里。利茨玛

---

[1] 西点军校校园内有多座颇具规模的礼拜堂，此处应指其中最大的军校生礼拜堂（The Cadet Chapel），新哥特风格，竣工于1910年。原址为建于1836年的军校生礼拜堂，老礼拜堂后被整体搬迁至西点军校公墓。
[2] Impossible，也有不可救药的意思。

在找基特·沃克。他之前看到过她一眼,她当时在排队取餐,现在又找不到了。可能已经走了。年级主席正在发言。

"我们收到了乔·沃尔萨克寄来的明信片。乔今年退休了。他很想来,但他女儿马上要高中毕业了。我不知道你们听说了这件事没有。乔住在帕洛阿尔托,加州立法机构之前提过一项法案,如果一条街上住着一位'全美最佳选手',那就可以把这条街的名字改成他的姓氏。乔住在帕克伍德路。他们本来打算把它改成'沃尔萨克路',但那条法案没有通过,于是他们就反过来叫他'乔·帕克伍德'。"

接下来是选举。年级的财务官和副主席不再参加竞选。这些职务需要重新提名。

"这次换两个人吧。"有人低声说。

"我们认识的人。"邓宁说。

"你想参选吗,迈克?"

"哦,得了吧,这可真是个好点子。"邓宁咕哝道。

"利茨玛怎么样?"克莱姆纳说,他喝得红光满面,笑的时候露出一口参差不齐的牙齿,像是被啃过。

"好主意。"

"谁,我?"利茨玛说。他感到一阵慌乱,惊讶地环顾四周。

"怎么样,艾迪?"

他说不好他们是不是认真的。一切都太仓促了——就像坐在圣路易斯一条长凳上的格兰特在一夜之间从籍籍无名中被选中那样。[1] 他嘟囔了几句表示反对。他的脸变得通红。

其他的名字被一一提出。利茨玛感到他的心在怦怦直跳。他不再说"不,不"了,只是坐在那里,茫然地张着嘴。他不敢抬眼看四周。他轻轻地摇着头,不。一只手举了起来:"我提议结束提名。"

利茨玛觉得自己很蠢。他们又耍了他。他觉得自己像是被出卖了。没有人再给他半分注意。他们在数举起的手。

"别闹,你不能投票。"有人对他的妻子说。

"不能吗?"她说。

---

[1] 指的是尤里西斯·辛普森·格兰特(Ulysses Simpson Grant, 1822—1885),第十八任美国总统,1843年毕业于西点军校。

下午快要结束时,利茨玛四处闲逛,终于看见了基特·沃克。她的举止有点奇怪。起初她似乎没认出他来。她的白裙子后面有一块草渍。

"哦,你好。"她说。

"我在找你。"

"能帮我一个忙吗?"她说,"你介意给我拿点喝的吗?看来我丈夫是想装作没看见我了。"

尽管利茨玛没有注意到,但还有另一个人,也在假装无视她。站在不远处的希尔莫。他们很小心,故意分头回的篷房。即将分离的朋友们三五成群地交谈着,他们的脸被身后波光粼粼的水面衬得阴沉沉的。利茨玛拿了一塑料杯的葡萄酒回来。

"给你。出什么事了吗?"

"谢谢。没有,怎么了?你知道吗?你人很好。"她说。她注意到他背后的什么东西。"哦,天呐。"

"什么?"

"没什么。看起来我们要走了。"

"非得走吗?"他好不容易说了句。

"瑞克在门口了。你知道他,他讨厌等人。"

"我还以为我们可以聊会儿。"

他转过身去。沃克站在外面的阳光下。穿着夏威夷衬衫和棕褐色休闲裤。看上去有些冷冷的。利茨玛嫉妒他。

"我们今晚得开车回贝尔沃。"她说。

"我猜路很远吧。"

"很高兴认识你。"她说。

她把酒原封不动地放在桌角。利茨玛看着她穿过房间。他想,她和其他人不一样。他看见他们走向他们的汽车。她有孩子吗?他发现自己在琢磨这个。她真的觉得他有意思吗?

黄昏前一小时,晚上六点,他听见了喧闹声,朝外看去。穿过这片场地朝他们健步走来的是那个不可一世的男生,腿像鹤腿一样细长。这位前步兵军官如今生出了圆圆的小肚子,正挥舞着双臂。

邓宁从窗户里大声吼道:"鹰钩鼻!"

"看看这是谁!"克林贝尔喊道。

他身边是德弗罗,那位饱受折磨的好学生。他们的胳膊搂着彼此的肩膀。他们一起走过来,咧嘴笑着,从军校时代起他们就是朋友,一辈子的朋友。他们开始上楼。

"鹰钩鼻!"邓宁喊道。

克林贝尔故作夸张地展开双臂。

他是军官的儿子。还是个孩子时就沿着美森航线在全国来回航行了。他给他们讲船舱下铺的风流故事。我的小伙子,我的小伙子,她发出呻吟。他依然故我,他能跟任何人打成一片,他的手下都崇拜他。由于晋升缓慢,他离开了军队,成了房地产开发商。他开的那辆绿色凯迪拉克在坦帕[1]很出名。他是打牌、喝酒和熬夜之王。

她可能没有那种意思,利茨玛心想。他的经验告诉了他这一点。他并不是个轻信谎言的人。

"哦,"妻子们会说,"当然。我听过我丈夫谈起过你。"

"我不认识你丈夫。"利茨玛会说。

警报响起。

---

[1] Tampa,佛罗里达州西部海港城市。

"你当然认识了。你们不是同一届的吗?"

他能听到他们在楼下的声音。

"船漏了!"他们在大喊。"船漏了!"

# 阿尼罗
AKHNILO

八月末。小船静静泊在港口,桅杆纹丝不动,轮轴一声不响。餐馆早已打烊。偶尔会有一辆车,闪着头灯从北黑文方向驶过桥来,或者拐上主街,经过亮着灯的电话亭,听筒已经摔坏了。公路上的几家舞厅在清场。凌晨三点多了。

费恩在一片漆黑中醒来。他好像听到了什么声音,一种细微的响动,像是厨房纱门上的弹簧。他在炎热中躺着,妻子静静地睡着。他等待着。房门没锁,虽然抢劫案很多,越靠近市区越严重。他听到一下微弱的撞击,他没动。几分钟过去了。他一声不响地爬起来,小心翼翼走到狭窄的门口,那里有楼梯下到厨房。他站在那里,周围一片死寂。又一下撞击和一声呻吟。是伯德曼[1]跳落在另一处地板上。

屋外，树木犹如漆黑的倒影。星星都被遮住了。唯一的星系是布满整个夜晚的虫鸣。他从敞开的窗户望出去，还是不确定自己听到什么没有。一棵巨大山毛榉的枝叶从后门廊上方高高地垂下来，近得伸手就能摸到。他打量着树干周围晦暗的区域，就这样似乎过了很久。周遭的静止让他感到自己暴露在视线中，但不知为何他并不排斥这种感觉。他的目光从屋后的一样东西游走到另一样上，隔壁凉亭苍白的科林斯式立柱，神秘的树篱，基石风化的车库。什么都没有。

埃迪·费恩是个木匠，虽然他在达特茅斯[2]上的大学，主修的是历史。大多数时候他都独自工作。他三十四了，头发已经开始稀疏，笑容腼腆。关于他没有多少可说的。他身上有种东西已经熄灭了。他年轻的时候，人们认为那是某种天赋，但他从未真正开启人生，

---

[1] Birdman，鸟人。
[2] 指达特茅斯学院（Dartmouth College），成立于1769年，是美国历史最悠久的顶尖学府，八大常春藤盟校之一。

他一直待在海岸附近。他的妻子是个高个子，近视，来自康涅狄格州。她的父亲曾是个银行家。她还是个孩子的时候，她父亲"在格林尼治和哈瓦那"——报纸上的通告是这么说的——管理着一家纽约银行的分行。那时候的哈瓦那还是个传奇之城，百万富翁们在享用完最后一支雪茄后自杀。

已经过去很多年了。费恩凝视着外面的夜色。他似乎是无尽呼号之海中唯一的听众，它的浩瀚无边令他敬畏。他想到了隐匿在那后面的一切，绝望的举动，欲望，致命的意外。那天下午他看到一只知更鸟在草地边上啄着什么东西，叼住它，抛向空中，再一次叼住：一只蟾蜍，细小僵直的双腿呈扇形张开。那只鸟又把它抛了出去。在饥饿的洞穴里，没有视力的鼩鼱不停地捕食，爬行动物尖尖的舌头探测着空气，还有肚腹内的咀嚼声，被困者的逆来顺受，交配时温柔的阵痛。他的女儿们正在走廊另一头沉睡。除了眼下这一刻，没有什么是安全的。

他站在那里时，声响似乎发生了变化，他不知道是怎么回事。它似乎分开了，好让什么东西从里面出来，某种闪熠而渺远的东西。他试着分辨自己听到的是什么,蟋蟀?知了?不,是别的什么,一种狂热而奇异的东西,越来越清晰了。他听得越专注,就越难以捕捉。他不敢动,生怕失去它。他听到一只猫头鹰轻柔的叫声。树木牢不可破的黑影似乎松弛下来,透过它传来一个刺耳的音符。

不知不觉,夜晚已经敞开。天空露了出来,星辰微光明灭。城市正在酣睡,废弃的人行道,寂静的草坪。远处几株松树间露出一座谷仓的山墙。就是从那里传来的。他还是分辨不出那是什么。得再靠近些,下楼,走出门去,但那样有可能会失去它,它可能会察觉,沉默下去。

他有个不安的念头,没法摆脱:它已经察觉到了。它在那里颤抖着,在其他一切事物之上不断重复,似乎只为他一人而来。节奏不是恒定的。它忽而加速,忽而迟疑,然后继续。这越来越不像是动物本能的呼喊,而更像是某种信号,某种暗号,跟他从前听过的任何声音都不一样,它不是一系列长长短短的脉冲,而是更加复杂,几乎就像是在说话。这想法让他害怕。这些话语——如果它们真的是这样——锐利而单薄，但一想到它们他就浑身战栗，仿佛它们是开启金库的密码。

窗户下面就是门廊的屋顶，微微向下倾斜。他站在那儿一动不动，仿佛陷入了沉思。他的心跳得厉害。屋顶看上去像街道一样宽阔。他得出去，踩上去，但愿没人看到他，他会静悄悄地移动，不能莽撞，不时停下来听听那声音有没有发生变化，他现在对它极其敏感。黑暗无法保护他。他将要进入的那个夜晚充斥着无穷的网络和闪烁的眼睛。他不确定自己要不要这样做，是否有这个胆量。一滴汗珠迸出来，沿着他赤裸的身体一侧迅速滚落。那呼喊还在继续，不知疲倦。他的手在颤抖。

他取下纱窗，小心地把它放下来，倚靠在墙边。他安静地穿过褪色的绿色屋顶，就像一条大蛇。他朝下望去，地面看上去很远。他得扒在屋檐上，轻轻跳下去，就像蜘蛛一样。谷仓的尖顶依然清晰可见。他正向着北极星走去，他能感觉到。那感觉就像是在下坠。整个动作令人眩晕，不可逆转。它正把他带往一个地方，在那里他拥有的一切都无法保护他，会让他赤着脚，孤身一人。

落到地上时，费恩感到一阵战栗传遍全身。他就要得救了。他的人生并未如他所期望的那样发展，但他仍然认为自己是特殊的，有别于其他任何人。事实上，他认为失败是浪漫的。这几乎是他的目标。他雕刻鸟儿，或者说他雕刻过。工具和部分成形的木块就搁在地下室的工作台上。他一度几乎成为一名博物学者。他身上有种东西，他的沉默，他离群索居的渴望，正适合干这行。但他却开始跟一个有点小钱的朋友合伙做起家具来，但生意失败了。他开始喝酒。一天早晨醒来时，他发现自己躺在一辆汽车旁，车轮陷在车道上压出的车辙里，住在街对面的老妇人在警告她的狗不要靠近。他在孩子们看到他之前进了屋。医生坦率地告诉他，他距离酗酒者只有一步之遥。这句话让他大吃一惊。那是很久以前的事了。他的家人救了他，但也并非没有代价。

他立了一会儿。土地坚实而干燥。他朝树篱走去，穿过邻居家的车道。那个贯穿他的声音更清晰了。他循着它从屋后走过，从背面他几乎认不出那些都是谁家的房子。他穿过无人打理的庭院，黑魆魆的草丛中藏着罐子和垃圾。他路过从未见过的空棚屋。地面开始缓缓倾斜，他离谷仓越来越近了。他能听到那个声音，他的声音，从头顶倾泻下来。是从那个阴森森的木制三角里的什么地方发出的，三角高耸，犹如一座远山的正面，在公路上一个拐弯之后突然被拉近。他慢慢向它移动，怀着一种探险者的恐惧。他能听到头顶那条细细的溪流在淙淙流淌。它离得这样近，他吓得站住不动了。

在他事后的回忆中，一开始，什么意思都没有，它太晶莹、太纯粹了。它不断地倾吐，越来越癫狂。他无法辨认，也无法复述，甚至无法形容那是什么声音。它变大了，将其余一切推挤开去。他不再试图理解它，而是让它从身上穿过，像一段圣歌那样涌入他。正如盯着一个图案看时，它的样子会发生变化，开始向另一个维度转移，慢慢地，那声音也不可思议地改变了，暴露出它真正的核心。他开始认出它了。那是词语。它们没有意义，没有渊源，但无疑是一种语言，来自一个比我们这个更为浩瀚、更加深邃的世界，刚刚才第一次被听见。在上方，在发白的表面，正在绝望呼喊的，正是那个无名的先驱。

在一阵狂喜中他靠得更近了。他马上意识到自己错了。那声音迟疑了。他懊恼地闭上眼,但为时已晚,它颤抖了一下,然后停止了。他很羞愧,觉得自己太蠢。他往后退了一点,不知所措。在他的周围,各种声音都咔嗒咔嗒地响了起来,充满了整个夜晚。他转过来掉过去地想找到它,但之前听到的那个声音已经消失了。

很晚了。天空中出现了第一抹苍白的光影。他站在谷仓附近,脑子里只剩一个梦的些许碎片,必须拼尽全力才能记住:四个词语,确切无误,不可描摹,是他仅存的四个。一心护着它们,全神贯注在它们身上,他开始带着它们往回走。昆虫的鸣叫更响了。他害怕会出什么意外,狗叫,卧室里的灯亮起来,那他就会分心,会失去他所护持的东西。他回去时得什么也不看,什么也不听,什么都不想。他边走边跟自己重复这些词语,嘴唇一直翕动着。他甚至不敢呼吸。他能看到那所房子。它已经变成了灰色。窗户是黑的。他必须到那里去。夜行动物的声音仿佛在痛苦和愤怒中鼓胀起来,但他顾不上那些。他在逃离。他走了很远很远,来到了树篱前。门廊就在不远处。他站在栏杆上,够得着屋顶的房檐。雨水槽很坚固,他抓住爬了上去。脚底碎裂的绿色沥青是温热的。一条腿跨过窗台,然后是另一条,安全了。他本能地从窗口退开。他做到了。外面的光线微弱而陈旧,一个幽灵般的黎明开始从树林中显现。

突然,他听到地板咯吱作响。有人在那儿,柔和的光线中一个褪去色彩的人影。那是他的妻子,他被她的样子惊到了,她正裹着一件棉布睡袍,脸上是刚睡醒的木讷。他做了个手势,像是在警告她走开。

"怎么了?出什么事了?"她低声说。

他用手含混地比画着往后退。他的头朝一边侧过去,像匹马,一边往后退,一只眼睛还瞅着她。

"怎么了?"她惊恐地说。"出什么事了?"

不要,他恳求道,摇着头。一个词消失了。不,不。它像大海里的什么东西一样扑腾着散开。他徒劳地伸手去抓。

她伸手搂住他。他猛地抽身出来。他闭上了眼睛。

"亲爱的,出什么事了?"他有麻烦了,她知道。他从没真正摆脱困扰。他经常在夜里醒来,她会发现他坐在厨房里,面色疲倦又苍老。"睡觉吧。"她劝说道。

他紧闭着眼,双手捂着耳朵。

"你还好吗?"她说。

在她殷切的关注之下,它正在渐渐消散,词语在流逝。他突然疯狂地转过身来。

"怎么了,你怎么了?"她喊着。

到处都是光亮,从草坪那边涌过来。神圣的低语正在消失。一刻也不容浪费了。他双手按住头,跑进门廊翻找铅笔,她跟着他跑过去,央求他告诉她出了什么事。它们正在消退,只剩最后一个了,没有了其他词语,它就毫无价值,但又有着无限的价值。他潦草地书写,桌子在摇晃。一幅画在墙上震颤。他的妻子用一只手向后拢着头发,仔细看着他写的东西。她的脸离它很近。

"那是什么?"

德娜穿着睡衣出现在门口,她被吵闹声惊醒了。

"怎么了?"她问道。

"快来帮我。"她母亲喊道。

"爸爸,出什么事了?"

她们的手朝他伸过来。在这幅画的玻璃里,一片明亮的蓝绿相间的方块在颤动,那是发光的树叶。无数的声音渐渐退却,变为寂静。

"怎么了,怎么了?"他的妻子恳求道。

"爸爸,求你了!"

他摇着头。他想挣脱开,简直要哭起来。忽然之间他跌倒在地上,坐在那儿。在德娜看来,他们又进入了那个阶段,她记得她刚上学的那些年,家里愁云惨淡,总能听到摔门的声音,她那拙于表达情感的父亲在晚上来到她们的卧室,给她们讲故事,伏在她的床脚睡着了。

# 暮色
DUSK

钱德勒太太独自站在橱窗边,穿着一身考究的套装,她几乎正对着霓虹灯广告牌,上面是几个红色的小字优选鲜肉。她像是在挑洋葱,手里还拿着一个。店里没有其他客人。薇拉·皮尼穿着白色的工作服坐在收银机旁,盯着来往的车辆。外面是个阴天,刮着风。车流连绵不断。"今天来了些上好的布里干酪,"薇拉一动不动地坐着说,"刚到的货。"

"真那么好吗?"

"真的很好。"

"好吧,我来一点。"钱德勒太太是位忠实的顾客。她从不去城郊的大超市。她是最好的主顾之一。曾经是。现在她买得没那么多了。

橱窗玻璃上开始出现头几滴雨点。"瞧，下雨了。"薇拉说。

钱德勒太太转过头去，看着车辆驶过。好像是很多年前的事了。不知怎的，她忽然想起有很多次开车或者乘火车来到郊区，在黑暗中步下长长的、空旷的站台，她的丈夫或者一个孩子正在那儿等她。天气和暖。树木繁茂、黢黑。嗨，亲爱的。嗨，妈妈，路上顺利吗？

小小的霓虹灯牌在灰蒙蒙的天色里格外明亮，街对面是墓地和她自己的车，一辆进口车，保养得非常好，就停在大门附近，车头朝着相反的方向。她总是这样。她是那种生活有着特定模式的女人。她懂得如何举办宴会，如何照料狗，如何走进餐厅。她有一套独有的方式来回复邀请函，着装打扮，做她自己。堪称无可比拟的习惯。一个读过书，打过高尔夫，参加过一些婚礼，有过一双美腿，经受过风浪，但如今没人想要的好女人。

门开了，一个农夫走了进来，脚上穿着胶靴。"嗨，薇拉。"他说。

她瞥了他一眼。"怎么没去打猎？"

"水太大。"他说。他上了年纪，不爱废话。"很多地方都得有一英尺深。"

"我丈夫去了。"

"早跟我说就好了。"老人狡黠地说。他的本来面目几乎被风霜抹去了。就像一张褪色的旧邮票。

确实是打猎的好天气,下着雨,水雾朦胧。狩猎季已经开始。整个白天都能听到稀稀落落的枪声,大约中午时分,一行六只大雁狼狈地从屋顶飞过。她正坐在厨房里,听到它们愚笨而嘹亮的叫声。她透过窗户看到了。它们飞得很低,比树高不了多少。

房子被田野包围。从楼上可以远眺谷仓和篱墙。这是一座美丽的房子,多年来她一直认为它无与伦比。花园打理得很好,木材码放整齐,纱门维护得当。室内也一样,一切都是精挑细选的,柔软的白色沙发、地毯和椅子,趁手的瑞典玻璃杯,还有灯具。她常说这所房子就是她的灵魂。

她记得那个早晨,一只大雁出现在草地上,个头很大,有着颀长的黑色脖颈,下颏一圈白色帽带,就站在离她不到十五英尺的地方。她急忙朝楼梯走去。"布鲁基。"她低声说。

"怎么了？"

"来这里。悄悄地。"

他们来到那扇窗前，接着又走到另一个窗口，屏息向外看。

"他离房子这么近干吗？"

"不知道。"

"他很大，不是吗？"

"非常大。"

"但没有'舞蹈家'那么大。"

"舞蹈家又不会飞。"

如今都不在了，小马，大雁，孩子。她记得那天晚上，他们在维尔纳家吃过晚饭回来，饭桌上有个年轻女子，五官清纯，为了学建筑离了婚。罗伯·钱德勒当时一言不发，只是心不在焉地听着，好像在听某种耳熟能详的新闻。午夜时分，刚关上房门，他就在厨房里宣布了这个消息。他背过身去不看她，面对着桌子。

"什么？"她说。

他刚要重复，但被她打断了。

"你在说什么？"她麻木地说。

他有别人了。

"你什么?"

这所房子归她。她最后一次去了趟位于八十二街的那套公寓,从它的大窗户望出去,脸颊贴着玻璃,可以看到大都会博物馆前的台阶。一年后他再婚了。有段时间她偏离了方向。晚上,她坐在空荡荡的客厅里,几近失魂落魄,懒得吃东西,懒得做任何事,她摩挲着狗的头,跟他说话,凌晨两点还和衣蜷缩在沙发上。一种致命的倦怠到来了,但之后她振作起来,又开始去教堂做礼拜,涂上口红了。

现在她从市场回家。大片铅灰色的云朵从树顶飘过,被光线勾勒出大理石般的纹理。风一阵猛似一阵地吹着。拐进车道时她看到那儿停着一辆车。一时间她警觉起来,但很快便认了出来。一个人影朝她走过来。

"嗨,比尔。"她说。

"我帮你拿。"他从车里拎出最大的一袋食品,跟着她进了厨房。

"放桌上吧,"她说,"这样就行。谢谢。最近好吗?"

他穿了件白衬衫和一度价格不菲的休闲西装。厨房里感觉很冷。远处传来微弱的枪响。

"进来吧,"她说,"外面冷。"

"我就是过来看看,你有什么要维修的没有,天就要冷了。"

"哦,这样,"她说,"楼上的浴室。会不会又出状况?"

"水管吗?"

"今年不会再开裂吧?"

"我们不是在里面装了隔温材料吗?"他说。他讲话的时候,舌尖含着一丝优雅的含混。他一直这样。"它在北面,问题出在这儿。"

"是的。"她说。她心不在焉地寻摸着香烟。"你说他们为什么要把它安在那儿?"

"好吧,它一开始就在那儿。"他说。

他四十岁,但看上去要更年轻。他身上有种固执而无可救药的东西,一种让他保持年轻的东西。整个夏天他都待在高尔夫球场,有时一直要到十二月。即便是在那里,他也总是一副无所谓的样子,一头黑发被风吹起——甚至在同伴身边也如此,仿佛他只是在打发时间。

关于他有很多传言。他是个过气的偶像。他父亲在高速公路旁的一栋小屋里开了家房地产经纪公司。土地，农场，耕地。在这一带，他们家是个古老的家族。有条小路就是以他们的姓氏命名的。

"有个水龙头坏了。要看一下吗？"

"怎么了？"

"总是滴水，"她说，"我给你瞧。"

她领着他上楼。"那儿，"她指着浴室说，"能听见吗？"

他随意地开关了几次，把手探到水龙头下面。他伸直胳膊摆弄着，手腕动作轻巧、漫不经心。她从卧室里可以看到他。他好像在检查台面上别的什么东西。

她打开灯坐了下来。暮色将至，房间立刻变得温馨起来。墙上贴着蓝色图案的壁纸，地毯是柔和的白色。壁炉光洁的石面增添了一丝秩序感。外面，田野正在消失。这是个安详的钟点，是她无力面对的时刻。有时候，望着大海，她会想起她的儿子，尽管那是很久以前，一切都还完好无缺时的事了。她发现自己不再每天都想着它了。他们说，过段时间会好些，但它不会真正消失。

正如在许多其他事情上一样,他们说的对。他是最小的孩子,做什么事都兴致勃勃的,虽然体质有点弱。她每个礼拜天都在教堂为他祈祷。只有一个简单的祈求:主啊,不要忘了他,他太小了……有时还会加上一句,他只是个小男孩。看到任何死去的东西,掉在路边的一只鸟,一只四腿已经僵硬的兔子,甚至一条死去的蛇,都令她神伤。

"我想是垫圈的问题,"他说,"改天我带一个过来试试。"

"好的,"她说,"还要等一个月吗?"

"是这样,玛丽安和我又在一起了。你知道吧?"

"哦,我懂了。"她不自觉地轻叹一声。她觉得有些怪异。"我,呃……"多软弱啊,她后来想。"什么时候的事?"

"几周前。"

过了一会儿她站起身。"我们下楼吧?"

她能看见他们的倒影从楼梯旁的窗前经过。她能看见她杏黄色的衬衫从那儿经过。风还在吹。一根光秃秃的树枝剐擦着房屋的侧面。夜里她经常听到。

"有时间喝一杯吗?"她问道。

"还是不了。"

她倒了些苏格兰威士忌,走进厨房,从冰箱拿了些冰块,还加了一点水。"我想要有阵子见不到你了吧。"

也谈不上有多少过往。在拉奈餐厅吃过几次饭,几个不像是真实发生过的夜晚。只是一种和一个你喜欢的人在一起的感觉,一个随和却又格格不入的人。"我……"她想找点话说。

"你宁可没这回事。"

"差不多吧。"

他点了点头。他站在那里。脸色变得有点发白,冬季的那种苍白。

"那你呢?"她说。

"哦,去他的。"她从没听他抱怨过。除了对某些人。"我只是个替人看房子的。她是我妻子。你想干什么,哪天去找她,把什么都告诉她?"

"我不会做那种事的。"

"我希望不会。"他说。

门关上时,她没有回转身。她听到外面车发动了,看到了前灯的倒影。她站在镜子前，冷冷地打量自己的脸。四十六岁。就在她的脖子上，在她的眼睛下面。她不会再年轻了。她应该恳求他的，她想。她应该告诉他自己所有的感受，所有那些心突然揪紧的时刻。充满希望和漫长白昼的夏天已经过去。她很想跟在他身后，开车从他的房前路过。灯应该还亮着。她能透过窗户看到里面的人。

那天晚上，她听到树枝拍打着房子，窗框咔嗒作响。她独自坐着，想着那些大雁，她能听到它们在外面。天冷了。风正吹过它们的羽毛。它们可以活很久，十到十五年，人们说。他们在草坪上见到的那只兴许还活着，和其他大雁一起，从提供庇护的大海返回田野，这些血腥伏击的幸存者。她想象着，在湿漉漉的草地上的某个地方，躺着其中一只，黝黑的胸脯湿透了，优雅的脖子伸得长长的，巨大的翅膀奋力拍打着，从鸟喙深处的洞中发出泣血之声。她回过身，打开了灯。雨下大了，大海激荡，一个同伴躺在黑暗的旋涡里，死了。

# 否定之路
VIA NEGATIVA

有那么一类小作家，你能看到他在图书馆的某个房间里给自己的小说签名。他的食指是茶色的，一笑满口坏牙。但他懂文学。他骨子里的悲凉就是这么来的。他知道世上都有哪些书，作家们都死在哪里。他的观点冷酷而精准。它们很纯粹，起码可以这么说。

他不算出名，尽管也不乏几个仰慕者。就像婚姻，没什么意思，但还能怎么样呢？他的生活就是他的日记。某一页上抄着占星师的一句话：女人是你的天然良伴。有时候吧，或许。仅此而已。他的头发稀薄。衣服有点过时。但他心里清楚，有种伟大的、终极的荣光会降临在某些人身上，触碰默默无闻的他们，重塑他们的人生，尽管他们在自己的时代无人问津。他心目中的英雄是穆齐尔。当然，还有杰拉尔德·曼利·霍普金斯，蒲宁。

也有P这样的作家，穿着昂贵的西装和高档的英国皮鞋，在刺目的阳光下从大街上走来，人群似乎都会为他们分开，留下一个风暴眼般的空洞。

"听说你的书赚了一大笔。"

"什么？这种话不要信。"他们会说，虽然每个人都知道。

仔细打量的话，甚至会发现那双鞋是手工的。它们的主人头发浓密。他的脸昭示着力量，他的眉毛，他的长鼻子。一张饱经世事的脸，坚固得如同一扇门。他认出了这位提问者，一个发表过几个短篇的家伙。他只有聊上几句的工夫。

"钱没什么的，"他说，"你看我，连个像样的发型都没有。"

他是认真的。他没有笑。从伦敦回来的时候，有人请他为某个年轻作家的小说背书，那个作者他认识，他说，让他照着我的路子来吧，靠自己。他们都想来要点什么，他说。

还有一些老作家，靠着《纽约客》发迹，混进了富人圈，比如二十岁便成名的W。如今一些批评家觉得他的作品太浮浅，只是些模仿的货色——他曾有过一个朋友，那是我们时代最伟大的作家，不知有多少人都在模仿他，也许在"最伟大"后面加上"之一"会好些，因为并非所有人都认可，而我不想卷入论战。他们后来还是分道扬镳了，W不愿解释其中原委。

他的第一个短篇流传很广——所有人都知道——这些年给他带来了不下五十个女人，他过去常这么说。他妻子也清楚。最后他和她也分开了。他不是个注重仪表的男人。他的脸颊上开始浮现细小的血管。他的眼睛布满血丝。他对人很粗鲁，就连对餐馆服务员也是这样。不过，据说他年轻时非常慷慨，非常勇敢。他反抗不义。他给西班牙的共和派捐过钱。

早晨。牙医一支支摆出他们的探针。街边大门口，阳光打在流浪汉身上，他们呻吟起来。尼莱坐公共汽车去探望他的母亲，头顶的广告上有句维克多·雨果的话，大意是说一个想法到了成熟的时候，世上所有的军队也无法阻挡。他的头发没有梳。他面色倨傲，嘴唇乌紫，看着像是那种固守清贫的人。他母亲在门口迎接他,双手捧住这张苍白的脸。她往后退了退好看得更清楚。她以一种恒定的节奏轻颤着。

"你的牙。"她说。

他用舌头盖住它们。他的姨妈从厨房出来拥抱他。

"你都上哪儿去了?"她喊道,"猜猜我们中午吃什么。"

和许多胖女人一样,她喜欢大笑。她两度丧夫,但一杯酒就足以让她手舞足蹈。她去摆餐桌了,经过窗口时朝外瞥了一眼。街对面有家电影院。

"堕落啊。"她说。

尼莱坐在她俩中间,往桌边拉了拉椅子,发出轻微的刮擦声。他们懒得换衣服。温暖的家庭午餐,唯一看重的是食物。他来的时候总是很饿。他边说话边嚼着涂满黄油的面包。一个巨大的盘子里有小鳕鱼和炸洋葱。到处都是人声——电视机开着,厨房里的收音机也开着。他回答她们的问题时,嘴里塞满了食物。

"有点淡,"他母亲说,"还是上次的做法吗?"

"完全一样,"他姨妈说,她亲自尝了尝,"可能需要加点盐。"

"海鲜怎么能放盐?"他母亲说。

尼莱不停地吃。鱼在他的餐叉下破碎,潮湿苍白,他能尝出海水中微弱的碘味儿。他知道它之前被码在哪家店的冰上,不刮胡子的犹太人那家。他的姨妈正在端详他。

"你知道吗?"她说。

"什么?"

她不是在跟他说话。她有个新发现。

"有那么一下子,他吃饭的时候,看上去就像他父亲。"

房间里突然一阵甜蜜的停顿,这种深沉是她们只谈论道德堕落和黑人威胁时所没有的。他母亲一脸虔诚地望着他。

"你听见了吗?"她问道。她的声音很轻,她渴望再听到过去那些传说。她的眼周暗沉,她的肉体已经衰老。

"你觉得哪儿像?"她想听人再重复一遍。

"我不像。"他说。

没人听他说话。她们在争论他小时候的事,各种细节，他背诵过的诗，他神气的头发。他那会儿是个多好的学生啊。他吃东西的时候多像个大人啊，小手抓着大大的叉子。他的下巴像他父亲，她们说，还有他脑袋的形状。

"从后面看。"他姨妈说。

"头型很漂亮，"他母亲笃定地说，"你有完美的头型，你知道吗？"

之后他躺在沙发上，听到她俩在洗碗。他闭上眼。他对这一切都很熟悉，他以前听过的那些话，围绕着往事的争吵，甚至他的头下面靠垫的气味。卧室里摆着很多相片，相框都不太合适。若是按照成长的轨迹来看，会发现里面的那张脸越来越老，越来越没指望。他真的写了这么多措辞恳切的信吗？和它们一起收在鞋盒里的还有课本和折起来的节目单。他就睡在他生命的博物馆里。

四点钟他离开了。看门人衣领敞着，正在看报，周围的空气中弥漫着做饭的气味。尼莱出去的时候，他都懒得抬头。他正投入地看着一篇报道，说运河岸边发现了两个年轻女子被绑着的尸体。没有现场图片，只有她们高中毕业年鉴上的相片。六月份。街道两边停满了车，排水沟在融化。

商店都没有开门。无人问津的下午，橱窗里陈列着书籍、化妆品和皮衣。他在橱窗前踯躅。一种对金钱强烈的渴求，一种饥渴在他心里升腾起来，一种想要获得认可的欲望。这是他第一百次走过这些对他熟视无睹的街道，经过连绵不断的公寓楼、领事馆和银行。他来到第五十街，就在那些大酒店后面。这个街区阴冷潮湿，就像仆人的宿舍。到处是纸、信封、空烟盒。

珍宁的公寓里好一些。地板打过蜡。她的呼吸甘美。

"你出门了吗？"他问她。

"没，还没有。"

"街上很泥泞，"他说，"你刚才没在忙吧？"

"我在看书。"

从她的窗户可以看到广场饭店[1]背面的二楼沙龙，理发师在那里工作。沙龙是红色的，多重镜面使其中的秘

---

[1] The Plaza Hotel，位于美国纽约第五十九街，和中央公园隔街对望，东临大将军广场，因此而得名。广场饭店自 1907 年开业以来，一直是名流要人到访纽约时下榻的首选地点之一。

密倍增。在某些下午，一丝不挂地，他们观看过那里无声的表演。

"你在读什么？"他问道。

"果戈理。"

"果戈理……"他闭上眼，开始背诵，"马车里坐着一位先生，不英俊也不难看，不太胖也不太瘦，不太老也不太年轻……"

"你记性可真好。"

"听，猜猜这是哪部？有很长一段时间，我习惯早睡……"

"这太容易了。"她说。

她坐在沙发上，双腿蜷在身下，书放在手边。

"我想也是，"他说，"你听说过果戈理那个事儿吗？他到死都是处男。"

"是吗？"

"俄罗斯人在那方面有点怪，"他说，"契诃夫自己也觉得，对于作家来说一年一次足够了。"

他以前就跟她说过这个，他意识到。

"也不是所有人都这么觉得，"他喃喃地说，"你知道昨天我在街上看到谁了吗?穿得像个银行家。连他的鞋都像。"

"谁?"

尼莱开始描述。片刻之后,她知道他说的肯定是谁了。

"他出了本新书。"她说。

"我也听说了。我还以为他会把戒指伸过来让我亲呢。我跟他说,听着,老实告诉我:所有这些钱,这些关注……"

"你没有吧。"

尼莱笑了。让他母亲为之悲泣的牙齿露了出来。

"他吓坏了。他知道我要说什么。他什么都有了,每个人都在谈论他,而我只有一枚大头针。一根针。稍一用力,就会直刺心脏。"

她长着一张男孩的脸,胳膊上的肌肉勾勒出淡淡的阴影。指甲啃得光秃秃的。下午的阳光好不容易照进房间,在她的膝盖上泛着柔光。她是从蒙大拿来的。初次见面时尼莱觉得她很温顺,甚至愚蠢,这让他很兴奋,但他后来发现,那只是环绕着她的一种距离感,也许就像与童年之间的遥远距离。她袒露自己的方式简单而出其不意,就像一个农家少年在脱掉他的衣服。她坐在沙发上,一只裸臂搁在旁边。在它的肘部,他可以看到那条长长的、丰盈的动脉蜿蜒而下,直到手腕。很饱满。它静静躺在那里,没有搏动。

她结过婚。她的过往让他吃惊。看上去,她的身体没有留下丝毫迹象,甚至没有任何记忆。她所曾学到的只是如何独自生活。浴室里有压印着品牌名的香皂,都从未沾水。几条新毛巾,蓝色玻璃瓶里插着花。床平整光滑。书,水果,镜子边缘贴着通告。

"你到底问他什么了?"她说。

"有红酒吗?"尼莱问。她去拿酒时,他提高嗓门继续说:"他怕我。他怕我,因为我一事无成。"

他抬头往上看。天花板有些灰泥剥落了。

"你听过科克托[1]那句话吗?"他高声道,"有种声名比失败还要糟糕。我问他觉得这一切真的都是他应得

---

[1] Jean Cocteau(1889—1963),法国先锋派作家、艺术家,涉足诗歌、小说、戏剧、绘画、音乐、舞蹈、电影、文艺批评等多个领域且都有所成就。让·科克托也以锻造金句的才华著称。

的吗。"

"他怎么说?"

"不记得了。这是什么?"他接过她手里那只海蓝色的玻璃瓶。商标有点落灰。"波雅克[1]。我不记得有这个。是我买的吗?"

"不是。"

"我想也不是,"他闻了闻,"很不错。别人送你的吧。"他猜。

她把他的杯子斟满。

"想去看场电影吗?"他问。

"还是算了。"

他注视着酒。

"不去吗?"他说。

她没出声。过了一会儿,她说:"我去不了。"

他开始浏览旁边书架上的书名,有很多他从来没读过。

"你妈妈最近怎么样?"他问道,"我喜欢你妈妈。"

---

[1] Pauillac,位于法国波尔多左岸的上梅多克产区,以出产优质的红葡萄酒而著称。

他打开其中一本书。"你给她写信吗?"

"有时候。"

"你知道吗,维京[1]对我有兴趣,"他突然说,"他们对我的短篇感兴趣。想让我扩写《爱之夜》。"

"我一直很喜欢那篇。"她说。

"我已经开始弄了。每天都起得很早。他们想让我拍张照片。"

"你见的是维京的谁?"

"我不记得他叫什么了。他,呃……深色头发,体型和我差不多。我应该知道他的名字的。怎么,有什么要紧吗?"

她去卧室换衣服。他也跟了上去。

"别过来。"她说。

他又坐了下来。间或能听到一些稀松平常的声音,抽屉拉开,关上,一段一段的寂静。她像是在收拾行李。

"你要去哪儿?"他喊道,眼睛看着地板。

她在梳头。他能听到发梳轻快而有节奏地划过头发。

---

[1] Viking,美国老牌文学出版社,1925年创立于美国纽约,1975年被企鹅收购,成立维京企鹅图书公司(Viking Penguin)。

她对着镜子,甚至没有注意到他的存在。他就像躺在桌上的一封信,读了一半的果戈理,那瓶酒。她出来时,他没法直视她。他无精打采地坐着,像个生闷气的孩子。

"珍宁,"他说,"我知道我让你失望了。但维京的事儿是真的。"

"我知道。"

"我会忙起来的。……你现在就得走吗?"

"我快迟到了。"

"不,不会的,"他说,"求你了。"

她没法回答。

"不管怎么说,我得回家干活,"他说,"你要去哪儿?"

"我十一点以前回来,"她说,"不如到时候给我打电话?"

她还是摸了摸他的头发。

"这儿还有点酒。"她说。她不再相信他了。他说的一些话她还是会信的,但不是信他这个人。她已失去信心。

"珍宁……"

"再见，尼莱。"她说。像是在挂掉一通电话。

她要去第九十街一所她从未去过的公寓里吃晚饭。她的双臂裸露着。她的脸看起来很年轻。

门关上时，他惊慌失措。绝望攫住了他。他的思绪仿佛飞走了，像鸟一样四散。这是个死一般的时刻。电视上，记者们正在回答复杂的问题。街上一片寂静。他开始翻查她的东西。先是壁橱。抽屉。他找到了她的信。他坐下来开始读，有她哥哥的，她律师的，还有他不认识的人的。他把所有的东西都翻了出来，衬衫、内衣，长长的杂草般缠在一起的丝袜。他踢开她的鞋，打翻敞开的盒子。他扯断她的项链，珠子雨点般打在地上。某种兽性，杀人一般的畅快，充满了他。她正坐在第九十街上的某处，不时略略说上几句，附近的男人观望不决，试图吸引她的目光。他像鞭打一条狂吠的狗一样，把她从一间屋子打到另一间，按到墙上，撕扯她的衣服。她跌跌撞撞，不住地哭喊，他意识到自己行为的可怖。他无权这样做——为什么每件事都能用这句话来辩护？

他浑身是汗，喘不过气来，不敢再逗留。他轻轻地带上门。过道里堆满了旧报纸，从其他公寓传来微弱的声响,孩子们从商店跑腿回来。

在街道两旁,从暗下来的窗户里,从幢幢的倒影中,他都看到一种混乱,仿佛忽然之间显现在他眼前。它迎接他,赞美他。公共汽车巨大的轮胎呼啸而过。这是白昼的最后时刻。他感到犯罪的孤独。他进了一间电话亭待着,就像个瘾君子。他的腿很虚弱。不,虚弱背后还有别的东西。有那么一瞬间他看到了自己未知的深处,闪烁着各种画面。过路女人的目光似乎被他吸引了。她们认得我,他想,她们就像母马,在黑暗里嗅出了我的味道。他用一个无可救药之人的干裂嘴唇冲她们笑了笑。他根本不在乎她们,他只想要作乱的力量。他要把她们的爱都扳向他,一种愚蠢的爱,没有这种爱他就无法呼吸。

到家时已经很晚了。他关上门。一片黑暗。他打开了灯。他不觉得自己属于这里。他看着浴室镜子里的自己。头顶有扇天窗,玻璃是黑色的。他坐在一个女孩的裸体小照下面,他们曾经同居过,照片的边缘已经卷曲,他开始弹琴,G 键发涩,钢琴走音了。巴赫的作品中不仅存在秩序和统一,还有更多,一种编码,一种重复,所有一切皆赖于此。过了一会儿,他感到脚底传来一下重击,是楼下那个白痴的笤帚。他继续弹。砰砰声越来越响。要是他有辆车……这个念头突然间冒出来,好像这就是他一直挂念的那件东西:一辆车。他会从城里疾驰而去,在拂晓时分出现在乡间的长路上。佛蒙特,不,更远,纽芬兰[1],那里的海岸依旧荒凉。就是它了,一辆车,他看得清清楚楚。他看见它停靠在黎明的柔和光线里,车上沾满了旅途留下的污迹,那是一具略显残破的躯体,早年经受过一场可怕的车祸。

要么一切都是机缘,要么全非如此。那天晚上珍宁遇到一个男人,他渴望实施一件了不起的慷慨之举,他说,就像热内[2]把自己的房子送给一个旧情人。

"他真那么做了?"她问。

"据说是。"

这个人是P。房间里全是人,他在跟她说话,非常

---

[1] Newfoundland,意指"新寻获之地",是北美大陆东海岸的大西洋岛屿,1949年加入加拿大联邦。
[2] Jean Genet(1910—1986),法国作家,生平传奇,幼时被父母遗弃,后沦落为小偷,青少年时期几乎全在流浪、行窃、监狱中度过,在监狱中创作了小说《鲜花圣母》《玫瑰奇迹》。

自然，就像他们早就见过似的。她不用想该对他说些什么，她什么都不必说。他靠得很近。额头上的细纹清晰可见，但没有很深。

"慷慨能净化心灵。"他说。之后他会告诉她，字词并非出于偶然，它们的组织和拣选就像是另一个声音在说话，一个揭示一切的声音。词汇就像指纹，他说，就像手迹，就像身体，展现、表达着无形的灵魂。

他的脸色深沉，五官深邃。他属于另一个神秘的种族。她意识到自己的脸是多么不同，阔大的嘴，灰色的眼珠，端然不动，好奇，清澈如溪流。她也意识到她身上那条裙子，椅子的坐深，此刻漂浮在夜色中的这个房间的尺寸，所有这些都在汇入一种伟大生活的洪流。她的心跳动着，缓慢而又强烈。她从来没有像此刻这样相信自己，也从未因一切的顺利展开而感到如此困惑。

"我多疑又贪心。"他说，他开始告解，"我承认这一点。"后来他告诉她，在他这一生中，只有那么一小会儿是放松的，就是始终有她在身边的时候。

她没有问任何问题。她接受了他。她自己的公寓里灯火通明。城里酸涩的空气完全静止，她没有呼吸它，她呼吸的是另一种空气。她还没有露出哪怕一丝微笑。他后来告诉她，这是她对他的所有吸引中最有力的一件。她的乳房，他说，就像是《国家地理》上那些黑人部落女孩的。

# 歌德堂的毁灭
THE DESTRUCTION OF THE GOETHEANUM

独自站在花园，他发现了那个年轻女人，作家威廉·赫奇斯的一个朋友。眼下赫奇斯是没什么名气，她说，但卡夫卡也在籍籍无名中过完了一生，更不用说孟德尔[1]，或许她想说的是门捷列夫[2]。他们住在莱茵河对岸一家小旅馆。好像没人找得到，她说。

那里河流湍急，水面是活的。它带走一切，碎木块和树枝。它们在水里打转儿，沉下去，浮出来。有时还

---

[1] Gregor Johann Mendel（1822—1884），奥地利生物学家，通过豌豆实验发现了遗传学三大基本规律中的分离规律和自由组合规律，被誉为"现代遗传学之父"。孟德尔的豌豆杂交实验历时八年，1865年整理成论文发表，但并未引起当时学术界的重视，其研究成果被埋没三十余年。
[2] 门捷列夫逝世时已是享誉世界的化学家。

会漂过一些家具、梯子、窗户。有一次，在雨中，漂过了一把椅子。

他们住在同一个房间，但完全是柏拉图式的。她的手上，他注意到，没戴戒指或其他任何珠宝。她手腕上什么都没有。

"他不喜欢一个人待着，"她说，"正在写的东西很费劲。"一部长篇，离写完还远，虽然有的部分非比寻常。有个片段已经在罗马发表了。"叫《歌德堂》，"她说，"你知道那是什么吗？"

他努力记住这个已经开始在他脑子里消散的古怪的词。屋子里的灯光开始在蓝色的夜晚亮起来。

"这是他这辈子最了不起的一件事。"

她提到的那家旅馆很小，房间也小，门面上标着黄色的字母。附近有许多类似的建筑。从大教堂阴凉的侧翼可以看到它，就在那些房子中间，略低的位置，往下游的方向。从古玩店的窗户和小巷里也能看见。

两天后他远远地瞧见了她。不可能认错的。她走动间有种漫不经心的优雅，就像一个退役的舞者。人群涌动,像是没有看到她。

"哦,"她向他打招呼,"对,你好。"

她的声音含混。他很确定她没认出他。他真不知道该说点什么。

"我还在想你那天跟我说的一些事……"他开口道。

她站在那儿,怀里抱满了购物袋,不断有人从她身旁挤过。街上很热。她不知道他是谁,对此他很确定。她只是出来办事的,像他们那样离群索居又圣洁的一对,也总要进城买点东西。

"抱歉,"她说,"我有点不在状态。"

"我们在萨伦家见过。"他解释说。

"对,我知道。"

接下来是一阵沉默。他想同她简单聊几句,但她似乎有些抗拒。

她去了博物馆。赫奇斯工作时得一个人待着,有时她会发现他在地板上睡着了。

"他疯了,"她说,"他觉得肯定是要打仗了。一切都会被摧毁。"

她对自己在说的话毫无兴趣。人群正在把她推远。

"我和你一块儿走走?"他问,"你要去桥那边吗?"

她朝两边都看了看。

"是的。"她拿定了主意。

他们沿着狭窄的街道走。她什么也没说。她打量着商店的橱窗。她有张嘴角向下弯的嘴,一个女仆的嘴,一个小镇来的女孩。

"你对绘画感兴趣吗?"他听见她说。

"是的。"

博物馆里有霍尔拜因、霍德勒、埃尔·格列柯和马克斯·恩斯特。长长的廊厅里一片寂静。身处其中,你会明白伟大意味着什么。

"明天你想去吗?"她说,"哦不,明天我们要去别的地方。后天?"


那天他醒得很早,已经开始紧张了。房间感觉很空旷。天空布满黄澄澄的光线。石堤之间的河面白炽耀眼。水流奔腾,碎作明亮的火焰,中心灼灼,无法直视。

九点钟的时候,天空已经褪色,河水碎裂成银波。十点,它变成了浓汤一样的褐色。驳船和老式汽船缓慢地逆流而上,或是迅疾地顺势而下。在桥墩周围拖出细小的尾迹。

河流是一座城市的灵魂,只有水和空气能净化它。在巴塞尔[1],莱茵河坐落在坚固的石堤之间。树木精心修剪过,老房子隐藏在后面。

他到处找她。跨过莱茵桥,穿过人群,朝露天市场走去,留意着一张张面孔。在货摊中间搜寻。女人们在买花,她们坐上电车,花放在膝盖上。在博尔泽饭店,肥胖的男人们正在吃饭,小小的耳朵紧贴着脑袋。

到处都找不到她。他甚至进了大教堂,期待她正在那儿等着。那里一个人都没有。整座城市正在变成石头。阳光明媚的时刻已经过去,只剩下一个炙热的下午,灼伤了他的双脚。钟声响了三下。他放弃了,回到了旅馆。邮箱里露着一张纸的白边儿。是一张便条,她说四点钟和他见面。

---

[1] Basel,仅次于苏黎世和日内瓦的瑞士第三大城市,西北邻法国阿尔萨斯,东北与德国南北走向的黑森林山脉接壤。莱茵河在此穿城而去,将巴塞尔一分为二,版图较大者属西岸称为大巴塞尔区,小巴塞尔区则位于东岸。

一阵兴奋中他躺下来想,她没忘。他又读了一遍。他们真的要私下见面了吗?他不确定那意味着什么。赫奇斯四十岁了,几乎没有朋友,他妻子在康涅狄格的某个地方,他离开了她,彻底抛弃了过去。即便他现在还不算伟大,也正走在通向伟大的路上,那也是通向灾难的路,而他有那样的力量,让一个人甘愿为他的生活献出自己。她和他形影不离。我从没离开过他的视线,她抱怨道。娜丁,这是她自己选的名字。

她迟到了。最后他们是五点钟去喝的茶,赫奇斯正忙着看他的英文报纸。他们坐在一张俯瞰河面的餐桌旁,手中的菜单像机票一样又窄又长。她看上去很平静。他想一直这么看着她。龙虾沙拉,他喃喃念着,后腿牛排。她很饿,她宣布。她去了博物馆,那些画看得她饿极了。

"你去了哪儿?"她说。

他忽然意识到她也在等他出现。年轻的情侣们在画廊溜达,他们的腿在阳光里流过。她徘徊在他们中间。她很清楚他们在做什么:他们在为爱情做准备。他的眼睛偷偷瞥向一边。

"我饿死了。"她说。

她吃了芦笋,接着是匈牙利红烩牛肉汤,然后是一块蛋糕,没有吃完。他突然想到,也许他们没什么钱,她和赫奇斯,这是她今天唯一的一顿饭。

"不是,"她说,"威廉有个姐妹嫁给了一个非常有钱的人。他可以从那儿弄到钱。"

她好像有一丝微弱的口音。是英国腔吗?

"我是在热那亚[1]出生的。"她告诉他。

她引用了几句瓦莱里,后来他发现她引错了。下午被风撕裂,刺骨的大海……[2]她崇拜瓦莱里。一个反犹主义者,她说。

她聊了聊去多尔纳赫的一趟旅行,要坐四十分钟电车,然后走上很远一段路,她和赫奇斯在车站吵了半天该往哪边走,他毫无方向感,这一点总是让她恼火。那是条上坡路,他很快就喘不上气来了。

---

[1] Genoa,意大利北部港口城市。
[2] 或误引自《海滨墓园》(*Le cimetière marin*),原句为"公正的'中午'在那里用火焰织成——大海,大海啊,永远在重新开始!"(卞之琳译)。

多尔纳赫被导师鲁道夫·斯坦纳[1]选作他王国的中心。在那个离巴塞尔不远的宁静郊外，他梦想建造一个社区，中心是一座以歌德命名的伟大建筑，其灵感就源于歌德的思想，在1913年终于奠基了。它的设计完全出自斯坦纳，所有的细节、技术、壁画和专门雕刻的彩窗也出自他。他发明了它的结构，一如他想出了它的造型。

那两个相交的巨大穹顶将完全由木头建造，其曲面设计本身就是一个数学壮举。斯坦纳只相信曲线，任何地方都没有一个直角。几个略小的附属穹顶像头盔一样笼罩着下面的窗和门。一切都是木制的，除了覆盖在屋顶上的那层闪闪发光的挪威石板。在现存最早的相片里，它被脚手架包围着，像一座巨大的纪念碑，近景是几株苹果树。施工由来自世界各地的人们完成，其中许多人为此放弃了自己的本职和事业。到了1914年春天，屋顶的木材已准备就绪，正当他们还在忙活的时候，战争爆

---

[1] Rudolf Steiner（1861—1925），奥地利社会哲学家、作家、社会改革家、教育家、建筑师和神秘主义者。人智学的创始人，用人的本性、心灵感觉和独立于感官的纯思维解释生活。著有《歌德的世界观》《神智学》等。

发了。能真切地听到从邻近的法国省份传来轰隆的炮声。那是夏天最热的一个月。

她给他看了张照片，上面是一座巨大、阴沉的建筑。

"歌德堂。"她说。

他没有说话。画面的黑暗和穹顶的回响向他袭来。他顺从了，就像顺从于催眠师的镜子。他能感到自己正从现实中脱落。他没有挣扎。他渴望亲吻握着那张明信片的手指，那瘦削的手臂，散发着柠檬味的皮肤。他感到自己在发抖，他知道她看得出来。他们就那样坐着，她的目光很平静。他正在步入眼前那个灰色的瓦格纳式的场景，而她随时可以把它合上放回包里，就像合上一个火柴盒。那些窗户就像是中欧什么地方的旧旅店。布拉格吧。那些形态在向他吟唱。它是一座堡垒，一座终点站，一座可以窥见灵魂的天文台。

"这位鲁道夫·斯坦纳是谁？"他问。

他没怎么听见她的介绍。他开始陶醉其中。斯坦纳是一位伟大的导师，一个相信深刻的洞见可以在艺术中被揭示的博识者。他相信运动、神秘戏剧、节奏、创造和星辰。当然。不知怎的，她从中学会了预测。她成了赫奇斯人生的幻术师。

是赫奇斯——这个囚犯般的乔伊斯学者，文学聚会上不修边幅的鬼魂——最早发现她的。起初他很冷淡，初次见面那个晚上，他几乎没跟她说一个字。那时她刚搬到纽约不久，住在第十二街一个没有配家具的房间里。第二天电话响了。是赫奇斯打来的。他想请她吃午饭。他说，他从一开始就知道她究竟是谁。他是从一个公共电话亭里打来的，车流呼啸而过。

"你能来哈鲁特餐厅见我吗？"他说。

他的头发蓬乱，手指颤抖。他靠墙坐着，紧张得只能盯着自己的手看。她成了他的伴侣。

他们整天整天地一起在城里闲逛。他穿着蓝墨水色的衬衫，他给她买衣服，极其慷慨，似乎对金钱毫不在乎，它们像废纸一样在口袋里揉成一团，在他付钱的时候掉在地上。他和妻子去餐厅吃饭，会叫她也过去，要她坐在吧台边，这样他就可以一边吃一边看她。

慢慢地，他领着她进入另一个世界，一个不屑于被外人了解的世界，一个比她此前所知的更为富足的世界，某些神秘学书籍、哲学，甚至音乐。她发现自己有这方面的天赋，一种本能。她获得了某种超越自我的力量。他们有过一些深情的时光，宁静的时光。他们坐在一个朋友家里听斯克里亚宾[1]。他们在俄罗斯茶室[2]吃饭，侍者们都知道他的名字。赫奇斯在做的是一件非凡的事，他在熔炼她的生命。他自己也找到了一种新的生存方式：他终于成了一名罪犯。在一起一年之后，他们来到了欧洲。

"他很有智慧，"她解释说，"你马上就能感觉到。他有个无所不包的大脑。"

"你和他在一起多久了？"

"很久很久。"她说。

在一天结束的那个最终时刻，他们朝她住的旅馆走去。河边的树像石头一样黑。剧院里在演奏《沃采克》[3]，跟着是《魔笛》。印刷厂里有这个城市的地图和那座著名

---

[1] Alexander Nikolayevitch Scriabin（1871—1915），俄国作曲家、钢琴家。作品大量运用复杂和弦，强调和声的紧张度和不协和。
[2] Russian Tea Room，位于纽约市曼哈顿区中央公园南端附近，1927年由俄国皇家芭蕾舞团的前成员开办，后成为娱乐业人士的著名聚会场所。
[3] Wozzeck，阿尔班·贝尔格第一部用无调性技法写成的歌剧，改编自德国现实主义戏剧先驱毕希纳的同名戏剧。

桥梁的图片,画的是它在拿破仑时代的样子。银行里满是新铸造的钱币。她出奇地沉默。他们一度在一家餐馆门口停下脚步,那儿有一箱鱼,比鞋还大的斑鳟在碧水里懒洋洋地游动,鱼嘴慢慢地开合。她的脸在玻璃上清晰可见,就像火车上一个女人的脸,冷漠,孤单。她的美丽并不投向任何人。她好像没有看见他,她陷入了自己的思绪。然后,冷冷地,不发一言,她的目光和他的相遇了。它们没有躲闪。那一刻他意识到,她比一切都值得。

他们过得并不轻松。理性不足以解决人类的问题,赫奇斯说。他妻子不知怎么掌控了他的银行账户,倒不是说有多少钱,但她嗅觉灵敏得像只雪貂,其他可能到他手里的钱她也能找到。此外,他确信他写给孩子们的信一封也没有送达。他不得不把信寄到学校,或者由好心的朋友转交。

然而,最大的问题始终是钱。它压得他们喘不过气来。他写文章,但很难卖出去,他不擅长任何热门的东西。他写了篇关于贾科梅蒂[1]的文章,里面有许多令人难忘的引言,但全都是他杜撰出来的。他什么都试过了。与此同时,目之所及似乎全是些靠着写电影剧本或者卖东西赚了大钱的年轻人。

赫奇斯落了单。男人在他这个年纪都已功成名就,所有一切都从他身边错过了。不管怎么说,他常有这种感觉。他了解塞万提斯、司汤达、伊塔洛·斯维沃的人生,但都不像他自己的这样荒唐。无论走到哪儿,他都带着他的笔记本和报纸。没有比纸更重的东西了。

在格拉斯[2],他的牙齿出了问题,原先治过的牙根又坏了。他疼得厉害,他们几乎把最后一分钱都付给了一个法国牙医。在威尼斯他被猫咬了。伤口严重感染,手臂肿成了原来的两倍粗,看起来皮肤都要绽开了。女佣[3]告诉他们,猫嘴里也有毒液,就像蛇一样,她儿子也被咬过。这种伤口总是很深,她说,毒素进入了血液。赫

---

[1] Alberto Giacometti(1901—1966),瑞士超存在主义雕塑大师,二十世纪最重要的雕塑家之一,代表作有《超现实表》《笼》《鼻子》等。
[2] Grasse,法国东南部戛纳附近的城镇,被称为"香水之都"。
[3] 原文为意大利语:cameriera。

奇斯痛苦不堪,难以入睡。医生告诉他们,换作五十年前情况会更糟。他碰了碰肩膀旁边的一个地方。赫奇斯没力气去问这是什么意思。每天两次,一个女人带着装在破旧锡盒里的皮下注射器来给他打针。他烧得越来越厉害。他看不清字了。他想口述一些最后的交代,娜丁把它们写了下来。他坚持要求下葬时要把她的照片摆在他心脏的位置,他要她保证会把护照上的照片撕下来。

"那我该怎么回家呢?"她问。

在他们下面,大河在阳光里无声无息地流淌。艺术家的生活终于显得美好了,即便还有那些关于金钱的可怕争吵,以及无事可做的夜晚。此外,尽管经历了这一切,赫奇斯从来不会绝望。他过着一种生活,想象着另外十种,总有一种能为他提供慰藉。

"但我受够了,"她坦白道,"他太自私了。他就是个孩子。"

她看上去不像个吃过苦头的女人。她的衣服是绸缎的。她的牙齿很白。在远处的堤坝路上,情侣们正在吃午餐,姑娘们脱了鞋,把脚搁在斜斜的河堤上。他们朝水里扔着面包屑。

赫奇斯相信人类的个体发展已达到顶点,这是我们这个时代的本质。必须找到新的方向。但他不相信集体主义。那是死路一条。但出路应该是什么样的,他还不确定。他的作品将揭示这一点,但他还在与时间抗争,与潮流抗争,他被流放了,就像托洛茨基。不幸的是,没有人来杀他。没关系,他说,总有一天他的牙齿也会办到的。

娜丁凝视着水面之下。

"那里只有鳗鱼。"她说。

他顺着她的目光望去。水面无法看穿。他试图找到哪怕一个被它优雅游动的身姿泄露的黑影。

"到了交配的时候,"她告诉他,"它们就去海里。"

她望着水面。到了时候,它们总能听到召唤,它们在晨间滑过草地,露水一样闪闪发光。她告诉他,十四岁的时候,母亲把她最爱的娃娃带到河边扔了进去,做小女孩的日子就这样结束了。

"我该扔什么进去呢?"他问。

她似乎没有听见。然后她抬起眼来。

"是我想的那个意思吗？"她终于开口。

她希望他们能一起吃晚饭。赫奇斯会不会觉察到什么。他尽量不去想它，也不让自己慌张。这一时期的每部文学作品中都有这种场景，但他仍然无法想象那会是什么样子。一位伟大的作家可能会说，我知道我留不住她。但是他敢放她走吗？这个牙齿蛀满了洞，在写不出来的作品上耗了这么多年的赫奇斯？

"我欠他太多了。"她曾说。

尽管如此，要平静地面对这个夜晚还是困难的。五点钟的时候，他已经紧张得神经过敏，在房间里玩单人纸牌，读着报纸上早就读过的文章。他好像已经忘了怎么开口说话，他一直在留意自己的面部表情，他做的一切都显得不自然。他原先的那个自己凭空消失了，再造一个又不可能。一切都难以招架，他想象着自己将在这顿晚餐上受辱，被骗。

七点钟，他担心电话随时会响，就乘电梯下楼去了。在镜中瞥见的自己让他安下心来，他看上去很正常，很镇定。他碰了碰自己的头发。他的心在猛烈地跳。他又看了看自己。门滑开了。他走出去，有点希望能看到他们就在门外。没有人。他翻着苏黎世的报纸，留意着大门那边。最后他总算在其中一把椅子里坐下了。这很尴尬。他坐立不安。七点十分了。二十分钟后，一辆旧雪铁龙在倒车时直直撞上了停在街边的一辆奔驰的中网，玻璃被撞得粉碎。门房和接待员跑了出去。到处都是碎玻璃。雪铁龙的司机正在开门。

"哦，天呐。"他喃喃地说，环顾四周。

是威廉·赫奇斯。一个人。

所有人都同时开口说话。幸运的是，那辆失明奔驰的车主并不在现场。一个警察正沿着街道走过来。

"嗯，不是很严重。"赫奇斯说。他在检查自己的车。尾灯碎了。后备厢上有一处凹陷。

经过一番交涉，他终于获准进入酒店。他穿着一件条纹棉夹克，一件墨水色的衬衫。他的脸很白，汗湿了，一张不合群小学生的脸，高额头，稀疏的头发，柔软的胡须里夹杂着灰色，那是探险家的胡子，一个会在亚马孙河里洗袜子的男人。

"娜丁待会儿过来。"他说。

他伸手去拿酒时,手在发抖。

"我踩刹车时脚滑了。"他解释说。他很快点了一支烟。"保险公司会付钱的,不是吗?也可能不会。"

就像是到了一个车站,许多漫长停顿中的第一站,他停在那里,盯着自己的大腿看。然后,他吃力地问:"你……觉得巴塞尔怎么样?"仿佛这就是他一直在努力搜寻的话题。

领班将他们安排在餐桌的两端,中间是一把空椅子。它的存在似乎让赫奇斯很焦虑。他又要了一杯酒。转身的时候,他打翻了一只玻璃杯。不知怎的,这个举动让他松了口气。侍者用餐巾在湿漉漉的桌布上轻轻揩过。赫奇斯绕过他说着话。

"我不知道娜丁究竟跟你说了些什么。"他轻声说。一段长长的停顿。"她有时会说一些……异想天开的谎言。"

"哦,是吗?"

"她是从宾夕法尼亚一个小镇出来的,"赫奇斯喃喃地说,"尤勒斯堡。她从来没有……我们刚认识那会儿,她只是……一个普通女孩。"

他们是来巴塞尔造访某些机构的,他解说道。这是个……有趣的城市。历史上有一些特定的节点,整个时代就此转折,多尔纳赫证明了一个非常……几乎没有一句话是说完的。鲁道夫·斯坦纳是研究歌德的。……

"是的,我知道。"

"当然了。娜丁一直在跟你说这些,不是吗?"

"并没有。"

"这样啊。"

终于,他又开始了,谈的是歌德。其智慧的范围,他说,如此之广,囊括了人类当时所有的知识,就像之前的列奥纳多[1]一样。那本身就意味着一种整体的……连贯性,在他之后再没有人能够做到这一点,这一事实很可能意味着,这种连贯性已经不存在了,消亡了。……已知事物的海洋已经冲破了它的海岸。

"我们正处在,"赫奇斯说,"人类命运即将彻底背离的时刻。那些揭示它们的人……"

说这些话花了他很长时间,慢得让人发疯。这是一

---

[1] 指达·芬奇。

种诡计，一种假动作。让人很难听下去。

"……会像伽利略一样被撕成碎片。"

"你真是这么想？"

又是一段长长的停顿。

"哦，是的。"

他们又叫了一杯。

"我们有点怪吧，我猜，娜丁和我。"赫奇斯说，像是在自言自语。

这个时刻终于到了。

"我看她不是个特别快乐的女人。"

一阵沉默。

"快乐？"赫奇斯说，"不，她不快乐。她不具备快乐的能力。只有陶醉。她只会陶醉。她每天都在这么跟我说。"他说。他用手扶住前额，半掩着眼睛。"你瞧，你根本不了解她。"

她不会来了，他突然就清楚了这一点。不会有什么晚餐了。

应该再说点什么的，那个收尾太含糊了。赫奇斯走了，留下一大片难堪的空白和三个布置好的餐位，十分钟后,他突然想到了自己本该提什么要求:我想和她谈谈。

所有门都关上了。他很痛苦,他想不出还有什么人会像他自己这样软弱无能。他本想毁掉一个人,结果变成一台独角戏——也许此时此刻,他们正在嘲笑这件事。太丢脸了。河水从他的窗下流过,即使在黑暗中也能看到水流。他站在那儿,俯瞰着它。他走来走去,试图让自己冷静。他躺在床上,觉得手脚都在颤抖。他厌恶自己。最后他终于平静下来。

他刚闭上眼睛,电话铃声就在空荡荡的房间里响起来。又响了一次。第三次。原来如此!他早料到了。他拿起话筒,心在狂跳。他试图平静地打招呼。回应的是一个男人的声音。是赫奇斯。他听上去很客气。

"娜丁在吗?"他终于说。

"娜丁?"

"请问我可以和她说几句吗?"赫奇斯说。

"她不在这儿。"

一阵沉默。他能听到赫奇斯无助的呼吸声。好像没完没了。

"听着,"赫奇斯开始说,他的声音变得更卑微了,"我只想和她谈一会儿,仅此而已……我求你……"

她应该是在城里的某个地方,他急忙跑出去找她。他顾不上去猜她可能在哪里。不知怎么,整个夜晚都转向了他,一切都变了。他一路走,跑过街道,害怕去迟了。

临近午夜,人们正从剧院出来,夜总会的咖啡馆里人声鼎沸。一张张半隐半显的脸的海洋,侍者们总是站着,有人可能会被挡在后面,他慢慢地仔细搜寻。她肯定在那里。独自坐在桌旁,知道有人会找到她。

看上去都一样的汽车在街道上转弯,他步入其中。行人慢慢走着,在明亮的橱窗前停下脚步。她会看那里展示的昂贵鞋子,也许还有古董首饰,金项链。拐弯时,他感到一阵失落。他穿过室内拱廊。他要离开自己熟悉的地带了。报亭都上了锁,电影院一片漆黑。

突然,那种笃定离他而去,就像某种疾病开始表现出第一个症状。她回她的旅馆去了吗?甚至可能是在他的酒店,或者去过那儿又走了。他知道她能做出一些漫无目的、不同寻常的举动。她并没有在这城市的暗夜漂流，略带慵懒的脚步只为被他贪婪地一路追踪而存在；她也没有选定一个地方，等着被他巧妙地发现，就像她引导他一路跟随那样。她可能已经心灰意懒，回了赫奇斯那里，说刚才只是想出去走走。

人生总会经历那样一刻，他想，但它永远不会再次出现。他开始沿着已经找过的街道往回走，就像迷路了一样。兴奋消失了，他在寻找，不再相信自己的直觉，而是在想她可能会怎么做。

在霍瓦日附近的石梯上，他停了下来。广场空空如也。他突然觉得很冷。一个男人独自从下面经过。是赫奇斯。他没有系领带，夹克的领子支棱着。他漫无方向地走着，寻找他的梦。他的口袋里有皱巴巴的钞票，折断的香烟。皮肤的白色很远就能看到。头发没有梳。他没想假装年轻，他已经过了那个阶段，进入了生命的中心，失败作品的中心，他是一个搭乘通勤火车的男人，喝茶，依然希冀着某种东西，某种终将证明他的才华和其他人的一样伟大的东西。这个世界正在孕育另一个世界，他说，我们正在接近宇宙的核心。这就是他正在书写的,他正在发明的。他的诗将成为我们的历史。

街上一片荒凉,餐厅也熄灯了。咖啡馆里是千篇一律的空桌,椅子倒扣在上面,赫奇斯独自坐在那里,深色衬衫,医生似的胡子。他再也找不到她了。他就像个失业的男人,一个废人,无处可去。欧洲的城市寂静无声。他冷得咳嗽了几声。

照片里的歌德堂,她给他看的那个,已经不存在了。是在 1922 年 12 月 31 日的晚上焚毁的。当晚有一场演讲,听众们已经回家。守夜人发现了烟,很快就看到了明火。火势以惊人的速度蔓延,消防员奋力扑救,但无济于事。最后,局面看起来毫无指望了。一场地狱之火从巨大的窗户里升起来。斯坦纳叫所有人离开这座建筑。午夜时分,主穹顶断裂,火焰冲出屋顶,咆哮着腾起。镶着特制玻璃的窗户闪着红光,在高温下炸裂。一大群人从附近的村庄,甚至是几英里外的巴塞尔赶来,大火在那里都看得见。穹顶终于倒塌了,从金属风琴管里蹿出绿色和蓝色的火焰。歌德堂消失了,它的主人,它的牧师,它孤独的创造者,慢慢走在拂晓的灰烬中。

原地建起了一座混凝土结构的新建筑。那座旧的，只留下些照片。

# 尘土
DIRT

比利在房子底下。那里很凉爽，散发着五十年没翻过的泥土的气味。腐臭的灰尘从地板间筛落，小雨般洒在他脸上。他啐了一口，侧过脸去，小心翼翼抬起手，用衬衫袖子擦了擦眼周。他回过头，朝房子边缘那条光带望去。阳光下是哈里的腿——时不时地，他就会唉着气，跪下来看看进展如何。

他们在平整布莱恩特老屋的地面。跟其他老房子一样，它没有地基，就直接建在木头上。

"老弟，在这儿就行。"哈里喊道。

"这块儿吗？"

"就是这儿。"

比利又慢慢揩去眼睛上的尘土，开始放置千斤顶。

地板托梁就在他的脸上方几英寸的地方。

他们坐在外面吃午饭。正值山区炎热的时节。阳光干燥,空气稀薄如纸。哈里吃得很慢。他的脖子皱巴巴的,下巴有一圈白色的胡茬。

哈里·米斯快死了。他将一身空空地躺在那里,双颊涂着腮红,这个正派老人的耳朵再也听不见了,也无法再讲出他知道的那些事。独自一人,他将留在生命最遥远的边缘。一动不动,任凭雨落在身上。

有些动物到了最后一刻也不肯躺下。他就是。每次跪下,都会迟缓地再站起来。他会先单膝撑地,暂停片刻,最后像匹老马般摇晃着站起来。

"城里那个头发很多的家伙……"他说。

比利的手指在面包上留下了黑色的印子。

"头发?"

"他是做什么的?"

"好像是个鼓手。"比利说。

"鼓手。"

"他们有个乐队。"

"总得有个什么。"哈里说。

他拧下一个破保温瓶的盖子,倒了些像是茶的东西。他们坐在高大寂静的棉白杨林中,连最高的树叶也一动不动。

他们开车去垃圾场,阳光透过挡风玻璃炙烤着他们的膝盖。有一扇老旧的牛栏门,是从某个破产的牧场抢救回来的。门敞着,哈里开了进去。他们来到了小溪边一片堆满废品和垃圾的地方,一块永远在冒烟的荒地。一个穿着工装连体裤的黑人从一间周围摆满弹簧床垫的棚屋里走出来。他圆肩驼背,壮硕如公牛。另一边停着一辆绿色的旧克莱斯勒。

"艾尔,我来找点管子。"

那人什么也没说,敷衍地摆了摆手。哈里已经驶过去了,拐进了一条由旧家具、炉子和铝座椅搭成的小巷。空气中有股酸味。有几台坚不可摧的冰箱从岸边滚了下去,半截没在溪水里。

管子都放在一起,大部分都生锈了。比利漫不经心地踢了踢其中几节。

"我们用得上。"哈里说。

他们开始往车那边搬,把它们搁在车顶上。他们开得很慢,老人的头微微后仰。汽车在坑坑洼洼的地面上颠来簸去。管子在车顶架子上滚动。

"艾尔这家伙真不错。"哈里说。他们快到棚屋了。经过时他抬了抬手,那儿已经没有人了。

比利在想着别的事。回城的路似乎很漫长。

"人们给他找了不少麻烦。"哈里说。他望着前面的路,这条空无一人的公路连接起了所有的城镇。

"那儿没什么好东西,"他说,"有时候他也想收点钱,但人们都觉得他们能白拿。"

"他没跟你收钱。"

"我?那不会,我时不时还会给他捎点东西过来,"哈里说,"老艾尔和我是朋友。"

过了一会儿,他说:"都说这是个自由的国家,我可不……"

格哈特酒馆里的牛仔们都叫他"瑞典人",但他从没进去过。他们只能看到他从酒馆门口路过,纸片一样的皮肤,手臂晃荡着,步态龙钟。他看上去确实有点瑞典人的样子,那些白炽光线所向披靡的早晨让他的眼珠变淡了,那是大西南的清晨,杯子里盛满黑咖啡,接下来还有一整天。吧台上的烟灰缸是塑料的，时钟面盘上印着一种威士忌的名字。

五点半。比利走了进来。

"他来了。"

他并不理睬他们。

"要点什么？"格哈特说。

"啤酒。"

墙上挂着一个毛绒熊头，鼻子上架着一副眼镜，舌头涂成了红色。它的上方悬挂着一面美国国旗，旁边的牌子上面写着：禁止带狗。正午前后，店里会有一些像保险代理韦恩·加里希这样的人，戴着边沿翻折上去的牛仔草帽。再晚一点，是穿T恤、戴墨镜的建筑工，还有煤气公司的工人。五点以后总是很拥挤。牧场雇工围坐在桌旁，双腿叉开，皮带扣上有镀金的牛头。

"三十美分，"格哈特说，"最近在忙什么？还在给老哈里干活儿？"

"嗯，是吧……"比利的声音有点躲闪。

"他给你多少？"

他不好意思说出实情。

"二十五美分一小时。"比利说。

"耶稣基督,"格哈特说,"我给扫地的这个价。"

比利点了点头,没有回答。

哈里自己每小时赚三美元。城里的人可能收得更多,他说,但他的价就是这个。他打地基也是这个价,他说,得花三个星期。

没有一天下雨。太阳像木板一样压在他们背上。

哈里从他那辆车的后备厢拿出铁锹和锄头。他个子很高,单手拎着它们。他把倒扣的手推车翻过来,成袋的水泥就堆在下面一块胶合板上。他用水管冲了冲手推车。然后开始搅拌第一车混凝土:五锹碎石,三锹沙子,一锹水泥。偶尔他会停下来,摘出一截小树枝或一根草。阳光如锡皮般纷纷砸下。一万个日子就这样落在得克萨斯和它周围。他反复翻搅这堆干料,终于开始加水。继续加水,搅拌。它变成了一种浓稠的灰色浊流,光滑的表面破出几颗碎石。比利站在一旁看。

"不能太稀。"老人说。总给人一种自言自语的感觉。他放下锄头。"好喽。"他说。

他的背佝偻着,是常年劳作的架势。他提起推车的把手,没抬起身。

"我来吧。"比利说着伸出手。

"没事儿。"哈里喃喃地说,"事儿"在齿间擦出了哨音。

他自己推着车,湿浆表面现在很光滑,轻轻地来回漾着,他在打好的木模旁边把车撂下,车身颠了一下——沟是比利挖的。他最后检查了一次,把手推车一倾,沉重的液体顺着车斗的上沿流了出来。他把车斗刮干净,用铁锹沿着沟槽一路蹚平,碰见空的地方就戳上几下。到了第二趟,他让比利去推车。比利赤裸着上身,肩背上是呼啸而下的烈日,抬起车把时肌肉猛地一蹿。第二天,哈里让他铲料。

比利住在天主堂附近,一个底楼的单间。里面有个金属淋浴头。他睡觉不盖被单,早晨就着纸盒喝牛奶。他在跟一个叫阿尔玛的女孩约会,是戴利饭店的女服务员。她有两条紧实的小腿。她话不多,温顺得让他受不了,有时她也会跟别人去格哈特酒馆,置身于朦胧的人声与短促的大笑中,背后的墙上钉着著名重量级拳王的照片。靠近天花板的地方有点渗水。男厕所的门被砰砰摔上。

他们议论着她。他们站在吧台边，稍转身就能瞧见她。她是个小镇上的姑娘。电视正在转播大章克辛[1]的足球表演赛。他们看比赛的时候想的却是她的腿，她就像一个他们想要的动物。阿尔玛，烟抽得很多，但牙齿很白。她的脸很平，就像一个拳击手。她将住在拖车停车场，比利告诉她，她的孩子们会吃伍迪溪便利店买来的白面包，装在又大又软的袋子里。

"哦，是吗？"

她没有反对。她看向别处。就像一只动物，有多纯洁或者多美并不重要。咔嗒作响的钢制卡车载着它们沿公路驶去，一缕缕稻草随风飘散。它们被牛仔冰冷的眼睛注视着。它们走进血肉之屋，迎向深可见骨的劈砍，低沉的悲鸣。他从不在她身上花什么钱——他在存钱。她从来不提。

他们要浇筑房子面向第三街的那一面，从最边上开

---

[1] Grand Junction，美国科罗拉多州城市，梅萨县县治。

始干。他在把手臂晒得黝黑的阳光里想着她。他抬起沉重的手推车,浑身奋力,像一根绷紧的缆绳。晚上干完活儿,哈里用水管把所有东西冲干净,把铁锹和锄头收进后备厢。他坐在前座,车门敞着。他自顾自地笑了,掀起帽子,捋了捋头发。

"我说。"他开口了。他有些事想讲,眼睛看着地面。"西边去过吗?"

那是三十年代的加州。他们一群人走村串镇,到处找活儿干。一天,他们到了一个地方,他忘记叫什么名字了,走进一家小餐馆。那年头,你花三十美分就能吃上一整桌,但等到结账的时候,店主告诉他们每人一块五。如果不乐意,他说,街上就有州警。后来哈里去了理发店——他看起来就像那个搞音乐的,也有那么多头发。理发师给他围上围布。剪个头。哈里告诉他。哦,对了,等一下,多少钱?理发师手里拿着剪刀。我看到你在希腊人的馆子吃饭了。他说。

他笑了一下,几乎有点害羞。他瞥了比利一眼,露出细长的牙齿。那是他自己的牙。比利正在系衬衫的纽扣。

晚上很热。这些年来最热的夏天,所有人都说从来没这么热过。格哈特酒馆里,人们百无聊赖地站着,鞋子又大又脏。

"妈的,太热了。"他们逢人便说。

"不能更热了。"

"要点什么?"格哈特会问。他智障的儿子正在刷洗酒杯。

"啤酒。"

"够热的吧?"格哈特给他上酒的时候说。

他们聚在吧台边,胳膊上蒙着一层灰。街对面是电影院。山口那边有个砂石坑。到处都在放牧,还有一台碎石拌制机,韦恩·加里希这样几乎从不开口的人,苦涩已经渗入骨髓。他们举止从容,他们的习惯已经打磨光滑。他们从橱窗一样的大窗户往外看去。

"比利在那儿。"

"是啊,是他。"

"嘿,你们说,"他们压低嗓门掷出这些话,就像在下注,柴火一般粗的胳膊搭在吧台上,"他是要去还是刚回来?"

地基在九月初完工。之前堆料的地方只剩下一点沙子，几粒碎石。晚上已经变冷了，这是冬天最初的空旷，城里一盏灯都没亮。树木似乎都在敛声屏气。它们会突然摇晃起来，最大的那些最后响应。

哈里是凌晨三点左右去世的。之前他去了趟超市，在货架后面，撑着手推车，半天喘不上气来。他勉强喝了点茶。他坐在他的椅子里，半睡半醒之间，厨房的灯还亮着。突然，他感到一阵可怕的、冲毁一切的剧痛。他的嘴不知不觉地张开了，嘴皮很干。

他留下的东西很少，几件衣服，那辆塞满工具的雪佛兰，看上去都死气沉沉。他的锤柄很光滑。什么地方的活他都干过，战争期间还在加尔维斯顿[1]造过船。有几张他二十岁的照片，里面是同样的鹰钩鼻，硬朗的乡下人的脸。在殡仪馆，他看起来就像个法老。他们把他的两只手交叠起来。他的双颊凹陷，眼皮薄得像纸。

比利·阿姆斯特尔开车去了墨西哥，那辆车花了他和阿尔玛一百美元。他们说好了一人一半。太阳把挡风

---

[1] Galveston，美国得克萨斯州东南部港口城市。

玻璃擦得锃亮,坐在那后面,他们一路向南驶去。他们给对方讲了自己的故事。

**DUSK AND OTHER STORIES**
By James Salter
Copyright © 1988 by James Salter
Introduction copyright © 2010 by Philip Gourevitch
All rights reserved.

著作权合同登记图字：30-2021-047

**图书在版编目（CIP）数据**

暮色/（美）詹姆斯·索特（James Salter）著；雷韵译. -- 海口：海南出版社，2021.12
书名原文：Dusk and Other Stories
ISBN 978-7-5730-0154-2

Ⅰ.①暮… Ⅱ.①詹… ②雷… Ⅲ.①短篇小说－小说集－美国－现代 Ⅳ.① I712.45

中国版本图书馆 CIP 数据核字 (2021) 第 184003 号

## 暮色
MUSE

| | |
|---|---|
| 作　　者 | ［美］詹姆斯·索特 |
| 译　　者 | 雷　韵 |
| 策划编辑 | 雷　韵 |
| 责任编辑 | 郑　爽 |
| 特约编辑 | 高　宁　冯　婧 |
| 封面设计 | 陆智昌 |
| 内文制作 | 陈基胜 |

**海南出版社** 出版发行

| | |
|---|---|
| 地　　址 | 海口市金盘开发区建设三横路2号 |
| 邮　　编 | 570216 |
| 电　　话 | 0898-66822134 |
| 印　　刷 | 山东新华印务有限公司 |
| 版　　次 | 2021 年 12 月第 1 版 |
| 印　　次 | 2021 年 12 月第 1 次印刷 |
| 开　　本 | 787mm×1092mm　1/32 |
| 印　　张 | 7.5 |
| 字　　数 | 109千字 |
| 书　　号 | ISBN 978-7-5730-0154-2 |
| 定　　价 | 52.00元 |

如发现印装质量问题，影响阅读，请与发行部门联系：010-64284815。